Ludwig Weiland

Die größeren Jahrbücher von Altaich

Ludwig Weiland

Die größeren Jahrbücher von Altaich

ISBN/EAN: 9783742890993

Hergestellt in Europa, USA, Kanada, Australien, Japan

Cover: Foto ©Andreas Hilbeck / pixelio.de

Manufactured and distributed by brebook publishing software
(www.brebook.com)

Ludwig Weiland

Die größeren Jahrbücher von Altaich

Die

größeren Jahrbücher von Altaich.

Nach der Ausgabe der Monumenta Germaniae

übersetzt von

1871.

Die Geschichtschreiber

der

deutschen Vorzeit

in deutscher Bearbeitung

unter dem Schutze

Sr. Majestät des Königs Friedrich Wilhelm IV. von Preußen

herausgegeben von

G. H. Pertz, J. Grimm, K. Lachmann, L. Ranke, K. Ritter,

Mitgliedern der Königlichen Akademie der Wissenschaften.

XI. Jahrhundert. 9. Band.
Die größeren Jahrbücher von Altaich.

Berlin.
Verlag von Franz Duncker.
1871.

Einleitung.

Ein günstiges Geschick hat über der wichtigen Geschichtsquelle, welche wir hier in Uebersetzung bringen, gewaltet. Sie war lange die Sehnsucht der Geschichtsforscher unseres Jahrhunderts, welche aus ihr Gewinn besonders für die Erkenntniß der Geschichte Kaiser Heinrichs III. erhofften, und wehmüthig ihre in historischen Werken des 16. und 17. Jahrhunderts enthaltenen Bruchstücke betrachteten. Im Jahre 1841 unternahm es Wilhelm Giesebrecht, aus diesen Bruchstücken sowie aus abgeleiteten Quellen die Annalen von Altaich wiederherzustellen, alles das zu fixiren, was etwa in unserer historischen Ueberlieferung auf diese Annalen zurückzuführen war.[1] Die Resultate seiner mit Geist und Scharfsinn gepflogenen Untersuchung, welche seitdem als mustergültig auf diesem Felde galt, ergaben unter anderem auch, daß der Vater der bairischen Geschichtschreibung, Johannes Turmair, von seiner Vaterstadt Abensberg Aventinus genannt[2], im Jahre 1517 im Kloster Altaich selbst die historischen Schätze der dortigen Bibliothek abgeschrieben und excerpirt hatte, und daß diese Sammlung des gelehrten

---

1) Annales Altahenses, aus Fragmenten und Excerpten hergestellt von W. Giesebrecht. Berlin 1841. 2) Gestorben 1536.

Humanisten noch am Ende des vorigen Jahrhunderts nicht untergegangen war. Die hierauf gegründete Hoffnung Giese= brechts, doch noch wieder in den Besitz des Textes der Jahr= bücher zu gelangen, hat nicht getrogen. Ein Schüler Giese= brechts, Freiherr E. von Oefele, war es, der im Februar 1867 die Collectaneen Aventins in dem Nachlasse seines um die bairische Geschichte sehr verdienten Urgroßvaters, Felix Andreas von Oefele, wieder auffand und die darin enthaltenen Jahr= bücher von Altaich im Vereine mit seinem Lehrer im 20. Bande der Monumenta Germaniae historica zum ersten Male her= ausgab. Der wieder bekannt gewordene Text bestätigte in überraschender Weise die Combinationen, durch welche Giese= brecht vor beinahe dreißig Jahren die Annalen wiederherzu= stellen versucht hatte.

Die Geburtsstätte unserer Jahrbücher, die Benediktiner= Abtei Altaich (später Niederaltaich genannt zum Unterschiede von dem Tochterkloster Oberaltaich), an dem linken Ufer der Donau, im Sprengel von Passau, in Niederbaiern gelegen, verehrte als ihren Stifter den bairischen Herzog Odilo aus dem Agilolfingischen Hause, welcher im Jahre 741[1] sich die Mönche von dem Glaubensboten Pirminius aus dessen Stif= tung Reichenau ausbat. Schon Odilos unglücklicher Sohn Thassilo konnte aus Altaich die Brüder für das von ihm begrün= dete und reich begabte Kloster Kremsmünster entnehmen, ein sicheres Zeichen, daß das Mönchsleben und mit demselben Wissenschaft und Cultur des Landes alsbald in der Neugrün= dung festen Fuß gefaßt. Nach dem Sturze der Agilolfinger stand Altaich unmittelbar unter den deutschen Königen und

---

1) Dieses Jahr haben unsere Jahrbücher; 731 dagegen Herimann von Reichenau.

blieb lange Zeit in enger Verbindung mit dem Hofe. Der
Abt Gozbald, der als Lehrer Berühmtheit erlangte, war von
829 bis 833 Kanzler Ludwigs des Frommen, und es ist wohl
nicht zufällig, daß die älteste Handschrift der bairischen Fort=
setzung der Fulder Jahrbücher (882—901), welche den Stand=
punkt der officiellen Hofhistoriographie so ängstlich festhält,
aus unserer Abtei stammt, obschon der Verfasser wohl
schwerlich sein Leben hinter den Klostermauern verbracht hat.
Auch nachdem die Abtei während der Minderjährigkeit Kaiser
Ottos III. durch den bairischen Herzog Heinrich II.[1], der
wie die Herzoge vor ihm das königliche Recht der Investitur
der Bischöfe und Aebte im Bereiche des Herzogthums in An=
spruch nahm, dem Erzbischofe Friedrich von Salzburg (958
bis 991) gegeben, und in Folge dessen die Benediktinermönche
vertrieben und Weltgeistliche in ihre Pfründen eingesetzt waren,
erhielt sich trotzdem der gute Ruf der Altaicher Schule, aus
welcher in kurzem ein Stern erster Größe am religiösen Hori=
zont aufgehen sollte. Nachdem Erzbischof Friedrich und Herzog
Heinrich 990 das Kloster seiner ursprünglichen Bestimmung wie=
dergegeben und Mönche aus Schwaben unter dem Abte Erchan=
bert berufen hatten, blühten Frömmigkeit und Wissenschaft
bald in solchem Maße auf, daß Godehard, der Nachfolger
Erchanberts, die mustergültige Disciplin Altaichs auch in an=
deren Klöstern herzustellen berufen wurde. Der heilige Gode=
hard, ein Sohn eines Altaicher Dienstmanns Ratmund, wel=
cher unter Erzbischof Friedrich dem Kloster als Laienpropst
vorgestanden, hatte seine Studien zu Altaich begonnen und zu

---

[1] Den Vater Kaiser Heinrichs II. Er regierte in Baiern 955—976 und wieder 985
bis 995. In den letzten Zeitraum fällt wohl diese Verleihung.

Salzburg fortgesetzt, hatte 991 das Mönchskleid angezogen und wurde 997 an Stelle Erchanberts zum Abte erwählt. Als solcher ließ er sich neben Herstellung der klösterlichen Zucht vornämlich die Verbesserung der Schule angelegen sein, deren Ruf denn auch bald aus allen Gegenden Deutschlands Lern= begierige heranzog. Nachdem Godehard mehrere Klöster nach seinem Systeme reformirt hatte, wurde er 1005 zum Abte des hessischen Klosters Hersfeld ernannt, um hier die gänz= lich verfallene Zucht wiederherzustellen. Seine redlichen Be= mühungen waren auch in kurzer Zeit von Erfolg gekrönt; im Jahre 1012 konnte er nach dem heimathlichen Altaich zurück= kehren in dem Bewußtsein, daß Zucht und Schule in Hersfeld auf festem Fundamente wiederbegründet, und daß die Mönche seiner Abteien weithin durch das deutsche Reich bis nach Italien hinein geschätzt und als Aebte reformbedürftiger Klö= ster gesucht seier. Nach abermaligem zehnjährigen Wirken in Altaich wurde er endlich 1022 von Otto III. zum Bischofe von Hildesheim ernannt, wo er bis zu seinem Tode im Jahre 1038 eine segensreiche Thätigkeit entfaltete.

Der Gewinn, welcher der Abtei durch eine Persönlichkeit, wie sie Godehard war, erwuchs, bestand nicht zum geringsten aus der engen und lange andauernden Verbindung mit geist= lichen Anstalten anderer Reichstheile, welche vorzüglich in lite= rarischer Beziehung von bedeutendem Einflusse sein mußte. Unter den Männern, welche diese Verbindung aufrecht er= hielten, ragt besonders hervor der Hildesheimer Wolfhere, wel= cher, von Godehard ausgesandt, zuerst die von diesem her= gestellte Schule in Hersfeld besuchte, später sich eine Zeitlang in Altaich aufhielt, dessen Abt Ratmund, ein Neffe Gode=

hards, ihn ermuthigte, das Leben ihres verehrten Meisters noch bei dessen Lebzeiten zu schreiben. Nach dem Tode des Bischofs (1054) arbeitete Wolfhere, der inzwischen zu Hildes= heim Domherr geworden war, eine neue Biographie aus, da ihm sein erstes Werk wohl nicht mehr genügen mochte. Er ist vermuthlich auch der Verfasser der werthvollen Fortsetzung der Hildesheimer Jahrbücher 994—1040.

In diesem Wolfhere nun hat Giesebrecht den Verfasser des ersten Theiles unserer Jahrbücher bis zum Jahre 1032 zu erkennen geglaubt. Die eingehende Untersuchung Ehren= feuchters[1], jetzt Mitarbeiters an der Herausgabe der Monu- menta Germaniae, hat jedoch zweifellos ergeben, daß die Jahrbücher nicht in zwei Theile zerfallen, vielmehr bald nach dem Jahre 1073 von einem Verfasser in einem Zuge nieder= geschrieben sein müssen.

Als Grundlage des ersten Theiles benutzte der Verfasser die Jahrbücher des Klosters Hersfeld, welche besonders für die Zeit von 968 bis 993 werthvolle gleichzeitige Nachrichten ent= hielten und von welchen ein Exemplar wohl durch Godehard oder Wolfhere nach Altaich gekommen war. Sie sind uns leider nicht mehr erhalten: wir kannten sie nur aus ihrer Benutzung in den Jahrbüchern von Hildesheim, Quedlinburg, Weißenburg, Ottenbeuern, und aus Lambert von Hersfeld. Durch die Altaicher Jahrbücher nun, welche zum Theil und besonders unter Kaiser Otto II. diese Quelle in größerer Voll= ständigkeit wiedergeben, ist unsere Kenntniß auch der Hers= felder Jahrbücher bedeutend erweitert, und schätzbare historische

---

1) Die Annalen von Niederaltaich. Eine Quellenuntersuchung. Göttingen 1870. Die Resultate dieser gründlichen Arbeit haben wir uns in Folgendem angeeignet.

Nachrichten aus diesen uns aufbewahrt worden. Die spätere
Fortsetzung der Hersfelder Annalen, welche aber wesentlich nur
ein Excerpt aus der Fortsetzung der Hildesheimer (bis 1040)
sind, kannte unser Verfasser gleichfalls, benutzte aber daneben
auch die Hildesheimer Annalen selbst bis zum Jahre 1040,
wenn auch ungefähr seit dem Jahre 1033 deren Benutzung
spärlicher und selbständige Nachrichten häufiger werden. Auch
die Chronik Herimanns von Reichenau lieferte dem Annalisten
Stoff, und zwar bis zu ihrem Ende 1054. Geringfügiger
ist in dem ersten compilatorischen Theile die Benutzung: der
kleinen Jahrbücher von Lorsch, der Chronik Reginos mit ihrer
Fortsetzung, der Chronik Thietmars von Merseburg[1]; zweifel=
haft erscheint mir die Benutzung der Annalen von St. Ber=
tin[2], der Lebensbeschreibung des heil. Godehard[3] und der
Papstgeschichte, des sog. Liber pontificalis,[4] mit welchen
Ehrenfeuchter Spuren der Verwandtschaft zu finden glaubte.
Daß einzelne die schwäbischen Verhältnisse betreffenden No=
tizen vom Beginn der Jahrbücher bis zu Ende des 10. Jahr=
hunderts auf die sog. Alemannischen Annalen oder eine Ab=
leitung derselben zurückgehen, scheint zweifellos: Abt Erchan=
bert mochte diese Jahrbücher seiner schwäbischen Heimath in
die Altaicher Bibliothek gebracht haben. Zweifelhafter scheint
mir das Verhältniß zu den Annalen von Salzburg und St.
Emmeram in Regensburg, mit welchen sich Verwandtschaft
in manchen Notizen des ersten Theiles zeigt. Wenigstens
einige dieser Notizen könnten sehr wohl auch zu Altaich selbst

---

1) Aus dieser dürfte jedoch die Nachricht über den heil. Colomann 1012 kaum ge=
nommen sein, wie Ehrenfeuchter S. 68 annimmt. Der Ort Stolarawe erscheint bei Thiet=
mar nicht. Ich möchte eher hier eine später (nach 1018, dem Tode des Markgrafen Hein=
rich) gemachte Altaicher Aufzeichnung vermuthen. 2) Zu 835 und 857. 3) 835 und 1026.
4) 800.

unabhängig aufgezeichnet sein, und wir haben dieselben daher in die Uebersetzung mit aufgenommen. [1]

Daß nämlich zu Altaich ältere annalistische Aufzeich= ungen existirten, scheint außer Zweifel: die Anmerkung von Naturereignissen, wie sie sich vielfach in unseren Jahrbüchern mit genauer Angabe des Datums finden, kann der Verfasser un= möglich der mündlichen Ueberlieferung entnommen haben. Im= merhin waren aber diese älteren Aufzeichnungen sehr dürftiger Natur: ohne System merkten zu den verschiedensten Zeiten verschiedene Klosterbrüder an, was ihnen der Erinnerung werth deuchte; neben der kurzen Erwähnung der wichtigsten Reichs= angelegenheiten finden wir Naturereignisse, Witterungsberichte und Lokalnachrichten des Klosters [2] in bunter Mischung. Alles dies verleibte der Annalist gewissenhaft seinem Werke ein. Ehrenfeuchter hat [3] aus diesem alles, was auf solche älteren Altaicher Aufzeichnungen zurückzugehen scheint, wieder heraus= geschält; es ist nicht viel, erstreckt sich aber über die Jahre 741 bis 1059. Hier mußte natürlich Manches zweifelhaft bleiben; wie schon oben erwähnt, gehen möglicherweise auch noch andere in dem ersten Theile der Jahrbücher enthaltenen Nachrichten auf die ältere Altaicher Quelle zurück. [4]

Besondere Beachtung verdienen des Verfassers Nachrichten über Lothringische Verhältnisse und die Beziehungen der Kaiser zu Ungarn. In ersterer Hinsicht muß eine uns unbekannte

---

1) Zu den Jahren 741—743, 815, 819, 911, 943, 948, 949, 995, 1000. 2) Außer der Erwählung und dem Tod von Aebten z. B. auch zum J. 819 die Notiz daß ein Meßbuch geschrieben werden sei. 3) S. 32—34. 4) Außer den Anmerkung 1 aufgeführten z. B. die letzte Nachricht zu 800, was schon Giesebrecht bemerkt, 822, 870, 889, welche Ehrenfeuchter S. 52 dem Regino vindicirt, 1030. Dagegen scheint mir 995: Maiolus abbas obiit, was auch Lambert von Hersfeld hat, eher auf die Hersfelder Annalen zurückzugehen.

Lothringische Quelle benutzt sein, welche noch in das 10. Jahrhundert hinaufging[1] und sich besonders über die Kämpfe des
Herzogs Godefrid mit Kaiser Heinrich III. weitläufiger ver-
breitete. Die Ungarn- und Böhmenkriege dieses Kaisers, welche
Herimann von Reichenau in vielen Stücken ähnlich wie unser
Verfasser erzählt, weisen auf eine beiden gemeinschaftliche
Quelle hin, als welche Ehrenfeuchter mit nicht geringer Wahr-
scheinlichkeit ein in Baiern entstandenes Gedicht angenommen
hat, dessen Nachrichten allerdings wohl unser Annalist durch
die in dem Kloster, welches dem Schauplatze der Begebenheiten
so nahe lag, lebendige Ueberlieferung im einzelnen vervoll-
ständigt hat.

Die Verbindung Altaichs mit Italien, in welchem Lande
zahlreiche Mönche des Klosters in angesehener Stellung lebten,
bot dem Verfasser Gelegenheit, auch die Angelegenheiten dieses
Reichstheiles eingehender zu behandeln. Schon 1038 hatte
Kaiser Conrad II. den Altaicher Richer, der damals Abt zu
Leno in der Diöcese Brescia war, zum Abte von Montecassino
ernannt. Als dieser 1055 die Abtei Leno aufgab, erhielt dieselbe wieder ein Altaicher, Wenzel, der 1062 endlich als Abt
nach dem Heimathkloster berufen wurde. Mit ihm scheint der
Annalist in näheren Beziehungen gestanden zu haben,[2] seinen
Erzählungen entnahm er ohne Zweifel einen guten Theil seiner
italienischen Nachrichten, besonders auch über das Papstschisma
zwischen Alexander II. und Kadaloh und die Synode zu
Mantua 1064, auf welcher Wenzel zugegen war, und der
vielleicht auch unser Verfasser in Begleitung seines Abtes bei-

---

1) Vgl. 973, 1009, 1011, 1012.   2) Vgl. die Worte, die er dem Abte als Nachruf
widmet z. J. 1068.

gewohnt hat. Möglich wäre auch, daß er selbst einige Zeit in Italien sich aufgehalten.[1]

Betrachten wir die Art der schriftstellerischen Thätigkeit unseres Verfassers, der es bald nach dem Jahre 1073 unternahm, seine Jahrbücher zusammenzustellen, im Ganzen, so leuchtet zunächst ein, daß er, wie so viele mittelalterliche Chronisten, die vor seiner Zeit geschehenen Ereignisse nur deßhalb berührte, um eine formale Grundlage zur Erzählung der Begebenheiten der Gegenwart zu gewinnen. Aus den reichhaltigsten Quellen, welche ihm für die früheren Jahrhunderte vorlagen, entnimmt er daher mit Flüchtigkeit und ohne jedes System, seine wenigen Notizen. Auch in den späteren Jahren ist er durchaus abhängig von seinen Quellen: daher die ungleichmäßige Behandlung der einzelnen Jahre, welche je nach seinen Vorlagen dürftiger oder reichhaltiger ausfielen. Erst in den sechziger Jahren fließt die Erzählung gleichmäßiger dahin, doch auch hier werden die Ereignisse in den Reichstheilen, welche dem Gesichtskreise des Verfassers ferner lagen, z. B. in Sachsen, auffallend vernachlässigt. Bei alledem hält der Verfasser den Gesichtspunkt, Reichsgeschichte zu schreiben, überall fest: der König ist der Mittelpunkt, um dessen Fahrten und Thaten sich alles andere gruppirt; ihm ist der Verfasser aufrichtig ergeben; das Wohl des Reiches steht ihm über den speciellen Stammesinteressen. Sein Urtheil über das Verhältniß von Kaiser und Papst ist noch nicht getrübt durch die Leidenschaft des Kampfes, der zwei Jahre nach dem Schluß der Jahrbücher entbrannte; ihm kommt noch kein Zweifel bei der Erwähnung

---

1) Ehrenfeuchter S. 70, 71 weist in dieser Beziehung besonders hin auf des Verfassers Kenntniß des Charakters der Lombarden (1064), sowie der Stadt Rom (1062).

der königlichen Rechte, den Papst zu bestätigen, die Reichs=
bischöfe einzusetzen. Er zeigt uns, wie ein frommer Mann,
dem das Wohl der Kirche am Herzen liegt, der die eingerissenen
Schäden, die Simonie und Habsucht der geistlichen Würden=
träger verdammt, der mit einem Worte, der strengen Richtung
angehört, doch den Standpunkt des reichs= und königstreuen
Unterthanen festhalten kann. Doch begiebt er sich keineswegs
des freien Urtheils über die Handlungen des Herschers: er
tadelt freimüthig den jungen König Heinrich IV., daß er auf
den Rath der Fürsten nicht höre, daß er leichtfertig vieles
zugleich im Auge habe. Auch gegen den von ihm von Anfang
an als rechtmäßiger Papst anerkannten Alexander II. blickt
nicht undeutlich das Bedauern unter seinen Worten hervor,
daß derselbe sich von der Leidenschaft des Kampfes zu weit
habe fortreißen lassen.[1]

So zeigt sich der Verfasser überall da, wo ein Schluß
auf seinen Charakter erlaubt ist, als ein ernster, frommer,
maßvoller und wahrheitsliebender Mann.

Wir geben die Jahrbücher von ihrem Anfangsjahre 708
bis 1031 nur im Auszuge. Bei der Auswahl aus diesem
ersten Theile konnte selbstverständlich kein Princip streng durch=
geführt werden, da Vieles bei der Untersuchung der Quellen
des Verfassers zweifelhaft ist. Wir nahmen von den aus den
Hersfelder Jahrbüchern abgeleiteten Nachrichten nur diejenigen
auf, welche seither noch nicht bekannt waren, so vor allem
das auf Otto II. Bezügliche. Ferner alles, was etwa auf

---

1) Zum Jahre 1063: „So verklagten und vertheidigten sie (Alexander und Kadalo)
sich gegeneinander in gehässiger Bissigkeit." Dagegen muß ich die Stelle z. J. 1060, aus
der Ehrenfeuchter S. 81 folgert, daß Alexander die römischen Großen durch Geld be=
stechen, vielmehr auf Kadalo beziehen.

ältere Altaicher Aufzeichnungen zurückgehen konnte. Alles aus anderen Quellen Abgeleitete blieb weg; wo die Ableitung zweifelhaft sein konnte nur dann, wenn die betreffende Notiz unwichtig war. Vom Jahre 1032 an ist der ganze Text wiedergegeben; eine Vergleichung mit Herimann von Reichenau und den Hildesheimer Jahrbüchern, welche der Verfasser für diesen Theil noch benutzte, wird leicht ergeben, wo derselbe auf diesen Quellen etwa fußt.

Berlin im Juni 1871.

L. Weiland.

Die größeren Jahrbücher von Altaich.

741. Thassilo wurde geboren. Das Kloster Altaich[1]) wird dem heiligen Mauricius erbaut.

742. Karl der Große wurde geboren.

743. Karlmann und Pippin kämpfen mit Dutilo[2]) am Lech.

750. Die Sprengel von Baiern werden mit Zustimmung Utilos und auf Befehl des Zacharias[3]) eingetheilt, Vivilo wird Bischof von Passau, Johannes von Salzburg, Gaibalt von Regensburg, Ermbert von Freising,[4]) Wilibalb von Eichstädt.[5]) [Auf einem Unterbau steht auf Anordnung des Herzogs Utilo zu Altaich ein Bild von Backstein: Herzog Utilo, Gründer. Virgilius und Sidonius schreiben dem Papste wider Bonifacius von einem Geistlichen, der in nomine patria et filia et spiritus sancti[6]) taufe. Zacharias schreibt nach Deutschland über den Bonifacius.][7])

800. Karl kam nach Rom und brachte zum Geburtsfeste des Herrn dar: 500 Pfund des feinsten Goldes in goldenen Gefäßen, eine große, runde Tafel[8]) von Silber; am Feste der Beschneidung Jan.1. brachte Karl dar eine goldene Krone von 50 Pfund; sie ist aufgehängt an Ketten über dem Petersaltare und mit verschiedenen Steinen auf's Köstlichste ausgeschmückt; am Feste der Erscheinung Jan. 6.

1) Altah im Originaltert. 2) Herzog von Baiern 3) Des Papstes. 4) Frisingin im Text. 5) Eistat. 6) D. i. im Namen des Vaterlandes, der Tochter und des heiligen Geistes, anstatt: in nomine patris et filii u. s. w. 7) Dieser eingeklammerte Zusatz, der in der Handschrift von Aventin in einem Zuge mit dem Vorhergehenden geschrieben ist, ist wohl eine Glosse. Von einem Bilde Odilos ist sonst nichts bekannt. 8) discus.

1*

am Grabe des Petrus drei Kelche, zwei für seine Kinder, einen für sich, von 42 Pfunden des feinsten Goldes; eine goldene Schale von 22 Pfunden, für die Armen dreitausend Pfund Silber. Es kamen von Jerusalem Gesandte mit Zacharias, dem Gesandten Karls, und brachten die Fahne, die Lanze, zwei Tafeln, die von zwei Schreibern beschrieben waren, — — — — — — — — — — —[1] die Schlüssel vom Grabe Christi, vom Calvarienberg, vom Oelberg, von der schönen Pforte — — — — — — — — — — —[1] und sie legten Alles Karln klar zur Befreiung des Christenvolkes.

815. Der König Lutharius wird nach Baiern geschickt.

819. Liudvit[2] empört sich. Bernhard[3] kommt um. Ein Meßbuch wurde geschrieben.

822. Der Kaiser Ludwig theilt das Reich unter seine Söhne.

835. Der Erzbischof Ebo von Reims wird abgesetzt, nach Hildesheim verbannt und wird daselbst Bischof.

836. Der Kaiser Ludwig mit dem Heere an den Lech[4] wider seinen Sohn Ludwig.

857. Zu Trier in der Kirche auf dem Sitze des Bischofs erschien ein Hund.

870. Das Reich wird unter Ludwig und Karl getheilt.

889. Die Ungarn kamen von Scythien her.

911. Schlacht mit den Ungarn bei Loiching.[5]

935. Hagano wird zum Abt von Hersfeld gewählt.

943. Schlacht mit den Ungarn bei Wels,[6] und sie wurden von den Baiern geschlagen.

944. Der Priester und Mönch Albwin, ein gottesfürchtiger Mann, starb am 20. März.

948. Der Herzog[7] Perahtold starb.

949. Schlacht mit den Ungarn bei Louva.[8]

---

1) Diese Zeilen sind in der Handschrift so unleserlich, daß der Text dadurch durchaus verderbt und eine Uebersetzung unmöglich wurde. 2) Herzog des unteren Pannoniens. 3) Der 817 abgesetzte König von Italien, Brudersohn Ludwigs des Frommen. 4) Lehc. 5) Liuhhinga. Loiching an der Isar oberhalb Dingolfing war ein königlicher Hof. 6) Weles. 7) Von Baiern. Sein Todesjahr ist jedoch 945. 8) Wahrscheinlich Lohe im Pfarrsprengel von Stephansposching bei Straubing.

950. Dem Liutolf wird Alemannien anvertraut.

952.[1]) Liutolf fällt in Italien ein.

970. In diesem Jahre beging der Abt Egilolf[2]) den letzten Tag des irdischen Lebens, und nicht lange danach enden, ach o Schmerz, neun Hersfelder Mönche das Leben; und in demselben Jahre wurde Gozpert nach dem einmüthigen Beschlusse der gottesfürchtigen Brüder erwählt.

971. Es verbrannte die herrliche Kirche in Dornburg[3]) mit dem gesammten königlichen Schatze am 27. December.

972. Dem sehr ruhmreichen Kaiser Otto wurde die Tochter des Kaisers von Griechenland[4]) zur ehelichen Vermählung mit seinem Sohne, der gleichfalls Kaiser war, und zur Erzeugung von Nach- kommenschaft am 14. April, dem ersten Sonntage nach der Auf- erstehung des Herrn, nach Rom gesandt; und sofort an demselben Tage wurde sie der apostolischen Einsegnung gewürdigt und nach der dritten Nacht Jenem in der Furcht des Herrn leiblich verbunden. In demselben Jahre kam der Kaiser Otto von Longobardien und sein Sohn mit ihm nach Franken.

973. Der Kaiser Otto der Aeltere und sein Sohn Otto, gleichfalls Kaiser, kamen mit den Kaiserinnen am 19. März nach Quedlinburg;[5]) sie begehen hier den Ostertag, welcher auf den 23. März fiel. Hierher kamen Gesandte der Griechen, der Bene- ventaner mit Geschenken, zwölf Fürsten der Ungarn, zwei der Bulgaren; auch Gesandte des Herzogs Harold,[6]) von dem man glaubte, er wolle sich gegen den Kaiser auflehnen, unterwarfen ihr ganzes Land der Herrschaft Ottos durch den festgesetzten Tribut. Auch Miszego, der Herzog der Slaven,[7]) schickt, von Schrecken er- faßt, seinen Sohn als Geisel. Auch der Herzog Herimann,[8]) den er sehr liebte und der mit ihm angekommen war, ehrte ihn mit Silber, Gold und mit anderen königlichen Geschenken vor allen Anderen. Von da ging er nach Thüringen und starb zu Memleben[9])

---

1) Vielmehr 951. 2) Von Hersfeld. 3) Torenburc. In Thüringen an der Saale. 4) Romanos II. 5) Quidelingaburg. 6) Harold war König der Dänen. 7) Mieczyslaw I. von Polen. 8) Von Sachsen. 9) Mimileiba.

am 7. Mai; sein Leib wurde nach Magdeburg[1]) gebracht. Erschlagen wurden Werinzo und sein Bruder Reginzo von Lothringen
mit vielen Anderen von Reginher und Lantpert. Der heilige
Udalrich[2]) starb.

974. Die Söhne Reginhers fingen an, die Burg Bossut[3]) zu
befestigen. Inzwischen hörte unser Kaiser von der Zwistigkeit und
Gefahr in seinem Reiche, versammelte sein Heer, zog nach Lothringen,
brennt jene Burg nieder, nimmt die Besatzung gefangen und führt
sie mit sich nach Sachsen; die Herren selbst aber, Reginher und
Lantpert, entkamen. In demselben Jahre schmiedeten der Herzog
Heinrich von Baiern[4]) und der Bischof Abraam[5]) einen Plan mit
Bolizlavo[6]) und Misigo, wie sie dem Kaiser seine Herrschaft vernichten könnten; und zwar wurde dies in so unseliger Weise abge-
macht, daß, wenn die göttliche Barmherzigkeit nicht ein Einsehen
gehabt und dazu die Klugheit Beratholds[7]) es nicht zu Nichte gemacht
hätte, fast ganz Europa verödet und zu Grunde gerichtet worden
wäre. Nachdem der Kaiser nun diesen ruchlosen Plan erfahren, versammelte er alle seine Fürsten und fragte sie, was er dabei thun
solle. Diese fanden für gut, den Bischof Bobbo[8]) und den Grafen
Gebehard zu dem vorgenannten Herzoge zu schicken und ihn vor
ihre Versammlung durch ein Ausschreiben zu fordern, und Alle, so
mit ihm bei dieser Verschwörung betheiligt waren; und wenn sie
durchaus nicht kommen und in solcher Verstocktheit beharren wollten,
dann sollten sie wissen, daß sie ohne Zweifel von dem geistlichen
Schwerte durchbohrt würden.[9]) Der Herzog Heinrich aber stellte
sich sogleich, nachdem er ihre Botschaft vernommen, mit Gottes
Hülfe ohne Aufschub dem Herrn Kaiser mit allen Denen, welche
bei dem Plane betheiligt waren, daß dieser mit ihnen thun möge,
was ihm beliebe. Alsogleich schickte er den Herzog nach Ingelheim[10])
und den Bischof Abraham nach Corvey,[11]) auch die Andern hierhin
und dorthin. Vordem daß Alles dies beendigt war, verbrannte und

---

1) Magadaburg. 2) Bischof von Augsburg. 3) Boscuht im Text. Sie liegt bei
St. Ghislain in Belgien. 4) Der Zweite, der Vetter des Kaisers. 5) Von Freising.
6) Von Böhmen. 7) Aus dem Hause der Grafen von Scheiern. 8) Von Wirzburg.
9) D. h. in den Kirchenbann gethan würden. 10) Ingelenheim. 11) Corobia.

verwüstete der König der Dänen Harold, der Erzbösewicht, das ganze Land jenseits des Elbflusses. Als dies dem Kaiser Otdo gemeldet wurde, versammelte er sein Heer, rückte gegen Harold heran und wollte ihn mit gewaltiger Heerfahrt überziehen. Harold jedoch schickte seine Boten zum Kaiser, zahlt ihm seinen ganzen Schatz, daß er ihn in Frieden lasse. Der Kaiser, durch die Boten in Aufregung versetzt, kehrt in sein Land zurück, um ein derartiges Heer zu sammeln, mit dessen Hülfe er ihm entgegentreten könne. Nachdem der König Harold dem Herrscher seinen Sohn als Geisel und den ganzen Schatz, den er hatte, geschickt und dazu versprochen hatte, Jenem den Tribut zu geben, den er früher gegeben, da stand der Kaiser von seiner Wuth ab und beließ den Harold in Frieden. 1)

975. Otto hielt eine große Versammlung zu Weimar. 2) In demselben Jahre brannte und verwüstete der Kaiser Otto das Land der Böhmen. Danach kam der Kaiser Otto nach Hersfeld. 3) Die Böhmen tödteten die Leute des heiligen Mauricius. 4) Es war ein langer, harter Winter.

976. Der Kaiser Otto versammelte sein Heer, betrat Baiern und verfolgte den Herzog Heinrich, deshalb weil sich dieser das Gut des Kaisers, seines Herrn, unrechtmäßig angemaßt hatte. Als der Kaiser dahin gekommen war, kamen die bairischen Bischöfe und Grafen schleunigst vor sein Angesicht, der Herzog selbst machte sich davon. Zum zweiten Male zog der Kaiser Otto nach Baiern, verjagte den Herzog Heinrich und vertraute das Land 5) dem Herzoge Otto von Schwaben. 6)

977. Der Kaiser Otto der Jüngere führte das Heer nach Böhmen und verwüstete den größten Theil jenes Landes mit Brand. Der Kaiser selbst verlor hier auch einen nicht unbedeutenden Theil seiner Mannen durch Betrug und Hinterlist der Einwohner. Auch die Seuche der Ruhr wüthete stark im Heere. Es kam nun fried-

1) Diese Darstellung ist pragmatisch schwer verständlich, und unser Verfasser scheint hier dem Berichte der Hersfelder Annalen arg mitgespielt zu haben. Ueber den Zug selbst vergl. außer Lambert von Hersfeld besonders Thietmar von Merseburg III, 7, der gut unterrichtet ist, da einer seiner Verwandten dabei war. 2) Weihmari. 3) Herolbesvelde. 4) Vom Kloster Altaich. 5) D. i. das Herzogthum. 9) Seinem Neffen, dem Sohn Ludolfs.

lich zum Kaiser Bolizlawo und bat demüthig selbst und durch seine
Freunde, Jener möge nach Hause zurückkehren, indem er treulich
versprach, er würde schleunigst nachfolgen mit Geschenken und Gaben,
die dem Kaiser ziemten, sowie auch die Unterwerfung seiner Person
und die Unterwerfung und Uebergabe seines ganzen Volkes; dies
erlangte er auch. Als der Kaiser in dieser Gegend weilte, überfielen
Heinrich und ein anderer gleichen Namens, sein Neffe,[1]) Passau.[2])
Als er dies hörte, brach er eiligst mit dem Heere auf und belagerte
die Stadt, und zwang nach Schlagung einer Schiffbrücke und nach
langer Belagerung den Herzog Heinrich auf Aufforderung zur Uebergabe, nahm ihn zu Gnaden wieder auf, entließ so das Heer und
ging selbst nach Sachsen.

März 31.   978. Bolizlavo kam zum Kaiser am heiligen Osterfeste, wie
er versprochen, und wurde von den Fürsten des Reiches ehrenvoll
empfangen, mit Ehren gehalten, stattlich mit königlichen Geschenken
beehrt und kehrte, nachdem er Treue gelobt, in Frieden entlassen
nach Hause zurück. Es war auch Heinrich und der Andere gleichen
Namens zugegen; sie wurden verhaftet und in die Verbannung geschickt. In diesem Jahre überfiel auch der König Lothar[3]) auf
Aufforderung und Rath der Söhne Reginhars, welcher Fürst und
Herzog im Reiche Lothars[4]) war, mit einer auserlesenen Schaar
Krieger plötzlich die Pfalz Aachen, hielt sich daselbst drei Tage lang
auf und ordnete und verfügte, was ihm angemessen schien. Als
der Kaiser dies hörte, regte es ihn sehr auf, und er zog in Eile
alle Macht seines Reiches zusammen und verfolgte Jenen bis zum
Seineflusse[5]) und bis zu dem Kloster des heiligen Dionysius,[6])
holte ihn aber nicht ein, da er durch die Flucht entkam. Auf der
Rückkehr kam aber das Heer an den Aisnefluß[7]) und schlug nach
Ueberschreitung des Flusses Lager, nachdem es auf dem anderen Ufer
des Flusses die Lebensmittel mit Wagen und Karren zurückgelassen;
und siehe, plötzlich brechen die Söhne Reginhars mit dem Heere

---

1) Vielmehr Vetter der Mutter des Herzogs Heinrich, der spätere Herzog Heinrich III.
von Baiern (982—985) und Kärnthen, Sohn Berhtolds, Herzogs von Baiern (938—945),
aus dem Hause Scheiern. 2) Bazzewa. 3) Von Frankreich. 4) D. i. Lothringen. 5) Sigone.
6) St. Denis. 7) Asna.

des Königs Lothar hervor, tödteten viele von den Wächtern, raubten Alles, was sie mit fortschleppen konnten, und brachten so dem Heere großen Schaden bei.

982. In diesem Jahre stritt der Kaiser in der Nähe des sicilischen Meeres mit den Sarracenen und Mauren. In dieser Schlacht verlor er die Schreine mit den Reliquien der Heiligen, o Schmerz, da die Bischöfe, Kapläne, Tribunen und fast alle Grafen, welche dabei waren, getödtet wurden. Als aber der Kaiser der Seinen Flucht und der Sarracenen Kühnheit sah, warf er die Waffen weg, zog die Kleider aus und stürzte sich in das nahe Meer. Als er in demselben für sein Leben fürchtend lange schwimmend sich abmühte, kamen auf Gottes Anordnung einige der Feinde zu Schiff heran und hoben ihn, der schon dem Sinken nahe war, in das Schiff. Dort that er, wie man sagt, als ob er der nicht sei, der er war, indem er sagte, er sei einer der Mannen des Kaisers. Als er auf solche Weise mit den Feinden Zwiesprach führte, sprang er plötzlich ins Meer und schwamm an das nächste Ufer hinüber, und wurde durch Gottes wunderbaren Beistand gerettet. Die Krieger aber, welche der Kriegsgefahr entronnen waren, kamen theils durch Hunger, theils durch die übermäßige Hitze des Sommers um. In demselben Jahre endeten der Neffe des Kaisers, Otto, Herzog der Baiern, und der Abt Werinheri von Fulda, welche mit Erlaubniß des Kaisers nach Hause zurückkehrten, in Italien ihr Leben. Dem Otto folgte Heinrich[1]) und dem Werinhari Branthog.

983. Zwischen den Slaven und den Sachsen war Streit; die Slaven verfolgten die Sachsen und zerstörten Kirchen, Klöster und viele Burgen. Der Bischof Boppo von Wirzburg starb, es folgte Hugo. Der Kaiser Otto stirbt zu Rom am 8. December an der Ruhr und wird in der Kirche des heiligen Petrus begraben.

985. Der Graf Chunrad[2]) maßt sich Alemannien an.

989. Der Herzog der Karintaner, Heinrich,[3]) starb.

---

1) Der Dritte; s. oben S. 8 Anm. 2) Sohn des Grafen Udo, Brudersohn Hermanns I. von Schwaben. 3) Er hatte das Herzogthum Baiern 985 aufgegeben.

990. Erchanpert wird Abt. [1]) Das Leben nach der Mönchs-regel wird im Kloster Altaich wiederhergestellt.

991. Der Diakon Godehard wird Mönch.

995. Der Herzog Heinrich starb und sein Sohn [2]) erhielt sein Herzogthum.

997. Gotehard wird Abt. [3])

998. Eine Frau der Familie des Klosters Altaich gebar auf einmal fünf Kinder.

1000. Der Abt Ramuold [4]) starb.

1007. Der Bischof Bernward von Hildesheim weiht das Kloster Gandersheim, und der Erzbischof Willigis [5]) beendete hier in Gegenwart des Kaisers, der Bischöfe und anderen Fürsten den Streit, welchen er bislang wider die Hildesheimer in unverschämter Weise geführt hatte, und übergab unserem Bischofe zum Zeichen seines Verzichtes [6]) den Bischofsstab, welcher noch bei uns aufbe-wahrt wird. [7])

1009. Metz wird von Heinrich belagert [8]) und Saarbrück [9]) erobert.

1011. Wiederum eine Heerfahrt nach Lothringen. [10])

1012. Der Herzog Hermann von Alemannien starb. Die Stadt Metz wurde wiederum belagert. Der heilige Coleman wird gemartert zu Stockerau [11]) unter der Regierung des Markgrafen Heinrich von Oesterreich, des Vaters [12]) des Markgrafen Adalbert.

1020. An vielen Orten waren viele und große Feuersbrünste.

1021. Ein gewaltiges Erdbeben am 12. Mai, in der zehnten Stunde des Tages, am Freitage nach der Himmelfahrt des Herrn; und zwei Sonnen wurden am 22. Juni gesehen.

1023. Mondfinsterniß dreimal in diesem einen Jahre, Sonnenfinster-niß nach dem Geburtsfeste des Herrn in der zehnten Stunde des Tages.

1026. Der Abt Wolframm starb plötzlich.

---

1) Von Altaich. 2) Heinrich IV. der spätere Kaiser Heinrich II. 3) Von Altaich. 4) Von St. Emmeram. 5) Von Mainz. 6) Auf die Diöcesanrechte über das Kloster Gandersheim. 7) Diese Notiz ist augenscheinlich von einem in Altaich lebenden Hildes-heimer aufgezeichnet worden. 8) Vgl. Thietmar von Merseburg VI., 28. 9) Sarebrugka. 10) Vgl. Hermann von Reichenau. 11) Stokarawe. In Niederösterreich, links der Donau, nordwestlich von Kornnenburg. 12) Vielmehr des Bruders, der 1018 starb.

1027. Ratmunt wird Abt von Altaich.

1030. Der Kaiser Chonrad übernachtete auf seinem Heerzuge nach Ungarn am Geburtstage des heiligen Albanus, einem Sonn- Juni,21. tage, im Kloster Altaich. Er kehrte aber aus Ungarn zurück ohne Mannschaft und ohne etwas ausgerichtet zu haben, dieweil das Heer Hunger litt, und Wien[1]) von den Ungarn genommen wurde. 1031. In diesem Jahre entstand in Premun[2]) mitten am hellen Tage während der Meßfeier ein finsterer Nebel, und der Fluß theilte sich bis auf den Grund.

1032. Bezbriem[3]) wurde von den Seinen erschlagen, Misaco wurde vom Kaiser wieder eingesetzt. Der Herzog Udalrich von Böhmen wurde des Hochverrathes schuldig befunden und zur Verbannung verdammt. Dessen Sohn, mit Namen Bratizla, welcher das Herzogthum des Vaters erhielt, empörte sich gegen den Kaiser, wird aber durch eine vom Könige Heinrich wider ihn unternommene Heerfahrt unterworfen. Ein Berg im Salzburger Gau stürzte über eine Fläche von mehr als fünf Ruthen[4]) und erstickte durch seinen Fall Grenzstreitigkeiten.

1033. Ein Wirbelwind legte viele Gebäude nieder, viele Schiffe gingen unter, einige Leute kamen durch den Blitz um. Das Kloster zu Altaich wird im 302.[5]) Jahre seiner Erbauung am 4. März März 4. mit den übrigen Gebäuden vom Feuer verzehrt. Der Kaiser feierte das Geburtsfest des Herrn zu Paderborn.[6]) Desselben Jahres kam der König und Herzog der Baiern, Heinrich, nach Ungarn und kehrte nach Abschluß eines Friedens mit dem Könige der Ungarn heimwärts. Der Sohn aber Stephans, des Königs der Ungarn, starb nicht lange Zeit darauf. [Er hatte Heinrich geheißen und wurde heilig gesprochen.][7])

1) Vienni. Es ist dies die erste Erwähnung Wiens in der Geschichte. 2) Wohl schwerlich Bremen an der Weser. 3) Der seinen Bruder Mieczyslav II. von Polen im vorigen Jahre gestürzt hatte. 4) stadia. 5) Diese Zahl würde auf das Jahr 731 als Gründungsjahr deuten; sie beruht aber nur auf einer Vermuthung Giesebrechts, welcher eine Beschreibung, die hier die Handschrift hat, aus Herimann von Reichenau verbessert. 6) Potherbrunno im Originaltext. 7) Emerich oder Heinrich, der 1031, nicht 1033 starb, wurde nicht vor dem Jahre 1077 canonifirt, so daß der letzte Satz von einem Späteren zugesetzt sein muß.

1034. Auf Bitten Herrn Gunthars des Einsiedlers und der Grafen des Landes wurde Udalrich [1]) aus der Verbannung gezogen und kam nach Regensburg, [2]) wo der Kaiser Chonrad seinen Hoftäg hielt. Und nachdem er das Herzogthum wieder erhalten hatte, begieng er viele, noch größere und schlimmere Uebelthaten denn zuvor. Dazu blendete er seinen Bruder Germar; und so folgte nach acht Monden auf das schlechte Leben ein schlechter Tod. Misaco [3]) starb.

1035. Der Kaiser Chonrad hielt seinen Hoftag in Bamberg, [4]) woselbst Adalpero, Herzog der Karintanen, [5]) abgesetzt wird. Chonrad folgt ihm im Herzogthum. [6]) Dorthin kam Bratizla, der Sohn des Herzogs Udalrich, und wurde friedlich vom Kaiser aufgenommen, und nachdem man Geiseln von ihm empfangen, kehrte er in Frieden und mit königlichen Geschenken beehrt nach Hause zurück und erlangte bei der gleich darauf unternommenen Heerfahrt gegen die Liutizen [7]) durch seine großartigen Thaten einen ruhmvollen Namen. Ein unerhörtes Viehsterben und Abgehen der Bienen schädigte ganz Baiern sehr.

1036. Der Winter war hart und sehr lang. Während desselben starben auch eine Menge Bäume ab, und in einigen Gegenden kam die Frucht um. Es geschah aber, daß zu Regensburg [8]) auf Antrieb der Bosheit des Teufels zwei Jünglinge mit einander haberten, der eine derselben ein Messer ergriff und den, der ihn schmähte, stach, und darauf, obwohl er wieder gestochen war, seine Kraft zusammenraffend, einen Dritten, der um sie auseinander zu reißen herbeigeilt war, mit demselben Messer anfiel. Sie gaben alle zusammen an demselben Tage den Geist auf. Der Kaiser feierte das Osterfest Apr. 18. zu Seligenstadt. [9]) Der Bischof Gebehard [10]) von Regensburg starb; ihm folgte der Bruder des Kaisers. [11]) Es fand eine Heerfahrt wider die Liutizen statt. Und es starben die Bischöfe Meginwerk von

1) Der 1032 verbannte Herzog von Böhmen. 2) Radespona im Text. 3) Mieczyslaw II. von Polen. 4) Papinberc. 5) Kärnthner. 6) Erst im folgenden Jahre. 7) Die Wenden an der Ucker und Peene. 8) Radespona. 9) Saligenstadt. Die Angabe der Hildesheimer Jahrbücher, zu Ingelheim, scheint glaubwürdiger. 10) Der Zweite. 11) Die Mutter Kaiser Conrads II., Adelheid, hatte sich nach dem Tode ihres ersten Gemahles, Hezilo, zum zweiten Mal verehelicht, wahrscheinlich mit einem Grafen von Rotenburg an der Tauber. Aus dieser Ehe ging Gebhard III., Bischof von Regensburg, hervor.

Paderborn, dem der Abt Rudolf von Hersfeld folgte, und Brunicho von Merseburg, dem Hunold folgte, und auch Branthoh von Halberstadt, dem Burchard [1]) folgte, auch Piligrin von Cöln, an dessen Stelle Hermann [2]) gesetzt wird, desgleichen Sizo von Minden, dem Brun als Bischof nachfolgte. Der Kaiser hielt eine allgemeine Kirchenversammlung von 35 Bischöfen und noch mehr Aebten zu Seligenstadt [3]) ab. Darauf ehelichte der König Heinrich, der Sohn des Kaisers, Chunigunde, die Tochter des angelsächsischen Königs Chnut, und machte zu Nimwegen [4]) Hochzeit. Der Kaiser kehrte von Liutizien zurück, zog, da der Herbst vor der Thüre stand, eilig mit dem Heere nach Italien und beging das Geburtsfest des Herrn zu Verona.

1037. Der Kaiser beging das Osterfest zu Piacenza. [5]) Darauf Apr. 10. lud ihn der Erzbischof von Mailand [6]) hinterlistiger Weise zum Mahle ein und wollte ihn heimlich ermorden. Sein arges Vorhaben scheiterte aber, da seine Bosheit ruchbar wurde, nach Verdienst, und er selbst wurde vom Kaiser festgenommen und eine Zeit lang in Gewahrsam gehalten, entkam aber leider seinen Wächtern durch die Flucht. Danach aber berieth er mit zwölf Mitbischöfen, welche unverdächtig den königlichen Hof besuchten, wie der Kaiser von ihnen auf irgend eine Weise heimlich umgebracht werden könne. Als aber dieser Plan ruchbar ward, wurden sie alle zusammen festgenommen und an verschiedene Orte in die Verbannung verwiesen. Aber auch der Patriarch Poppo von Aquileja, der den Erzbischof der Mailändischen Kirche zu bewachen übernommen hatte, wurde nach dessen Flucht des Hochverrathes angeklagt, und entfloh ebenfalls in seiner Angst. Danach aber kam er barfuß, ein hären Gewand auf dem bloßen Leibe, und erlangte die Gnade des Kaisers. Der vorgenannte Bischof von Mailand aber verharrte hartnäckig in seiner Untreue, schickte Boten zum Könige Odto von Burgund [7]) und machte ihn zum Theilnehmer an der vorgenannten Verschwörung. Nicht lange Zeit

---

1) Der Erste. 2) Der Zweite. 3) Vielmehr zu Tribur. 4) Niumago. 5) Vielmehr zu Ravenna. 6) Aribert II. 7) Odo II., Graf von Champagne, Neffe des letzten Burgundischen Königs Rudolf III., machte Conrad II. Burgund streitig.

darauf wird ein gewiſſer Adalbert, zubenannt der Starke, [1]) mit einem Schreiben des oftgenannten Erzbiſchofs feſtgenommen, welches Kunde gab von der Verſchwörung der Biſchöfe und aller Großen Nov. 11. der Lombardei, wie am Geburtstage des heiligen Martin der Kaiſer mit dem ganzen Heere ermordet und jener Odto in die Herrſchaft des Kaiſerthums eingeſetzt werden ſollte. Als dieſe Entdeckung gemacht war, wurde der Zwiſchenträger und Urheber dieſer Bosheit, Adalbert, nach Recht und Gebür in Ketten geworfen und zur Verbannung verurtheilt. Der Kaiſer, auf dieſe Weiſe errettet, geht nach der Stadt Parma, um daſelbſt das Geburtsfeſt Dec. 25. des Herrn zuzubringen. Am heiligen Tage aber erregten die Parmeſen einen gewaltigen Aufſtand und wollten alle die Unſrigen zuſammen mit dem Kaiſer vernichten. Als beiderſeits tapfer gekämpft und die Unſrigen beinahe überwältigt wurden, kam durch Eingebung Gottes dem Kaiſer der Gedanke, die Stadt anzünden zu laſſen. Dadurch wurde das Heer herbeigerufen, welches rings umher über das Land zerſtreut war; und von allen Seiten kamen ſie heran und verwüſteten die Stadt mit Mord und Brand. Deſſelben Jahres fand im Dorfe Hall,[2]) ein trauriger Vorfall innerhalb der Familie des heiligen Moritz[3]) ſtatt. Zwei Brüder nämlich überfielen mit einem gedungenen Haufen Volks in feindlicher Abſicht ihren Vatersbruder, tödteten ihn und verbrannten ſeine ſechs Söhne mit deren Kindern und der übrigen Menge verſchiedenen Geſchlechtes und Alters, im Ganzen nicht weniger als 50 Menſchen, alle zuſammen in einem Hauſe.

1038. Der Kaiſer feierte das Geburtsfeſt des Herrn zu Parma, wie vorhin bemerkt iſt. Der vorgenannte Odto, welcher auf unrecht- mäßige Weiſe Fürſt von Burgund geworden war, wollte in ſeiner Verſtocktheit gegen den Kaiſer bis an's Ende ausharren. Darüber erboſt, kam Gozilo,[4]) der Herzog der Lotharinger, mit ſeinen Lands- leuten über ihn, beſiegte und tödtete ihn[5]) und ſandte ſein Haupt

---

1) Fortis. 2) Reichenhall, wo das Kloſter Altaich begütert war. 3) Des Patrens von Altaich. 4) Der Erſte. 5) Dieſe Schlacht bei Bar fand ſchon am 15. November 1037 ſtatt.

dem Kaiser. Der Kaiser feierte zu Sutri[1]) in der Nähe von Rom 1038.
Oftern. Von da aufbrechend zog er nach Troia. Hierher kam die Ge- März26.
mahlin des Herzogs Pandulf[2]) mit ihrem Sohne und ihrer Tochter,
brachte gewaltigen Schatz und ließ ihre Kinder dem Kaiser als Geiseln.
Nachdem sie für sich und ihren Gemahl Gnade erlangt hatte, kehrte
sie nach Hause zurück. Der Herzog selbst kam nämlich deshalb nicht,
weil er bei sich entschlossen war, niemals das Angesicht irgend eines
Kaisers zu sehen. Danach aber entfloh sein Sohn, den er als Geisel
geschickt hatte, Gott weiß, von welchem Schrecken erfaßt; seine
Schwester aber blieb zurück. Daraus erkannte der Kaiser, daß er
hinterlistig handle, und gab, da er ihn auf keine Weise zurückrufen
konnte, das Herzogthum seinem Neffen Weimar und zog darauf nach
dem Monte Caffino. Als er hier ankam, fand er Alles durch den
vorgenannten Pandulf verwüstet, die Güter des Klosters in anderen
Händen, die Mönche ausgetrieben. Und da der Hirte daselbst fehlte,
setzte er selbst einen Abt ein, nämlich Richer, den Abt von Leno,[3])
einen Mönch von Altaich, und machte ihn zusammen mit Weimar
zu einer Geißel für den bösen Pandulf. Nachdem er so diese Angelegenheiten geordnet hatte, beschloß er zur Zeit des August heim- Aug.
zukehren. Hierbei verlor er den größten Theil des Heeres, welchen
die gräßliche Wuth des Sommers dahinraffte. Auch Chunigunde,
die junge Frau des Königs, und Herimann, Herzog von Schwaben,
der Sohn der Kaiserin, kamen mit einer unzählbaren Menge in
demselben Sterben um.

Da auch verließ die Seele des wohlverdienten Bischofs
Godhard das Fleisch und schwang sich hinauf zum himmlischen Reiche.

An seine Stelle im Bisthum Hildesheim wird Tiemo, der
Kaplan des Königs, gesetzt. Der Markgraf Heriman[4]) starb.
Stephan, der König der Ungarn, beschloß am Tage Mariä Aug. 15.
Himmelfahrt das zeitliche Leben. Ein sehr bedeutender Abgang der
Feldfrüchte fand im ganzen deutschen Reiche statt, so daß an den

---

1) Vielmehr in der Burg Spella. 2) Von Benevent. 3) In dem Sprengel von
Brescia. 4) Vermuthlich von Meißen, der Bruder Ekkehards.

meisten Orten Menschen Hungers starben, und viele Dörfer in Folge der Flucht der Bewohner leer standen.

1039. Der Kaiser feiert das Geburtsfest des Herrn zu Goslar. Die Aebtissin Sophia von Gandersheim stirbt. Scebiß, der Markgraf von Ungarn, starb in demselben Jahre. Der Kaiser feierte das Apr. 15. Osterfest zu Nimwegen, Pfingsten in der Stadt Utrecht. Hier starb Juni 4. er am zweiten Tage dieses Festes, am 4. Juni, und ließ seinen Sohn Heinrich als Erben des Reiches zurück. Zu derselben Zeit ging auch sein Vetter gleichen Namens[1] den Weg allen Fleisches. Der Abt Richard von Fulda starb; ihm folgte Sigiward, Mönch daselbst, nach. Der Sommer war von sehr heftiger Hitze, und es war großer Ueberfluß an Feldfrüchten. Eine Sonnenfinsterniß fand Aug. 22. am 22. August statt. Der Bischof Reginpold von Speier stirbt; ihm wird Sibicho zum Nachfolger gesetzt. Auch der Bischof Egilpert von Freising ging mit Tod ab, und Nitzo folgte im Bisthum nach. Adalpero, der Herzog der Carintanen, entkam durch Flucht aus der Verbannung und schied aus dem Leben.

1040. Der König Heinrich feierte das Geburtsfest des Herrn zu Regensburg und von da aufbrechend kam er nach Augsburg. Dorthin kamen Gesandte der Italer, des Königs Gericht heischend. April 6. Das Osterfest aber feierte er in Ingelheim, und hielt daselbst eine Versammlung mit den Fürsten. Hier erlangte der Erzbischof von Mailand, dessen Verurtheilung wir oben erzählten, des Königs Gnade und sein Bisthum wieder. Im Herbst desselben Jahres sagte der König dem böhmischen Reiche den Krieg an. Nachdem er daselbst sehr Viele von seiner Ritterschaft verloren, kehrte er ohne glücklichen Erfolg zurück. Da wurde auch des Weines wenig und sehr sauer.

1041. Das Jahr begann der König in Münster,[2] wo er dem böhmischen Herzoge seinen Sohn, den er als Geisel hatte, zurückzusenden befahl, damit er selbst die Gefangenen zurückgäbe, die er März 22. in dem vorgenannten Kriege gemacht hätte. Ostern feierte er in

---

1) Conrad, Herzog von Kärnthen.   2) Mimigartevurti.

der Stadt Utrecht. In den Tagen der Bittwoche [1]) berief er eine 1041.
Versammlung der Fürsten nach Seligenstadt, um zu Rathe zu gehen,
wie er seine Schande wieder gut machen könne. Dahin kamen
Gesandte der Böhmen und gelobten, daß sie und der Herzog selbst
vor des Königs Angesicht erscheinen würden. Sie kehrten heim,
ohne etwas erlangt zu haben. Denn während sie in diesem Jahre
öfter Frieden zu erlangen versuchten, mußten sie hören, daß die
Fürsten riethen, wenn der Herzog nicht erscheine, um sich und sein
Reich zu unterwerfen, so würde der König nochmals mit Heeresmacht über ihn kommen.

In diesem Jahre wurde Peter, der König der Ungarn, seines
Reiches beraubt, indem sich seine Fürsten gegen ihn verschworen.
Woher das entstanden ist, höre wer will. Der König Stephan,
seligen Angedenkens, sein Mutterbruder, nahm, als sein Sohn zu
Lebzeiten des Vaters gestorben war, weil er keinen anderen Sohn
hatte, Jenen zum Sohne an und setzte ihn zum Erben des Reiches
ein; den Sohn seines Bruders, der näheren Anspruch auf das Reich
hatte, ließ er, weil derselbe seine Einwilligung nicht gab, blenden
und wies dessen Kinder in die Verbannung. Jener also zu des
Königs Lebzeiten in der Herrschaft befestigt, schwor, wie es sein
Oheim vorgeschrieben hatte, er werde seine Herrin, die Königinn, [2])
immer in Ehren halten und ihr Nichts von dem, was der König
ihr gegeben hatte, entziehen, wenn ihm der Herr nach dessen Tode
das Leben schenke. Damit dieß noch sicherer würde, fügte er dem
Eide hinzu, er werde ihr gegen Alle, welche sie erniedrigen wollten,
nach seinem Können und Wissen Hülfe leisten; und es schwuren
denselben Wortlaut alle Fürsten des Landes. Als endlich Stephan
gestorben war, und Peter durch seine Gnade im Reiche nachfolgte,
kam seine Treue zu Tage, welche vorher, als sie noch unbekannt
war, für gut gehalten wurde. Die Zeit eines Jahres nämlich be-
handelte er die Königinn ehrenvoll, nachdem dieser Zeitraum um
war, entzog er ihr alle ihre Habe. Und zuerst nahm er ihr die
Grundstücke, welche sie von ihrem Gatten bei dessen Lebzeiten er-

---

1) Die Woche nach dem Sonntag Rogate. 2) Gisela, die Schwester Kaiser Heinrichs II.

1041. halten hatte, und das Geld, welches sie außerdem hatte, mit Gewalt weg und zwang sie zu schwören, daß sie von dem Reste Keinem ohne seine Erlaubniß etwas gäbe. Auch wies er ihr eine Burg zum Aufenthalt an und gab ihr eine solche Bewachung, daß sie selbst weder die Möglichkeit hatte, irgend wohin zu gehen, noch irgend einer der Ankommenden diejenige, mit ihr zusammen zu kommen. Als sie dies ganze drei Jahre lang erduldet, und er nichts von seiner schnöden Behandlung nachgelassen hatte, berief sie die Fürsten des Reiches zusammen und mahnte dieselben an den ihr geschworenen Eid. Von Mitleid bewegt, riethen diese dem Könige, von seiner schnöden Behandlung abzulassen, auf daß sie nicht alle zusammen mit ihm eines erbärmlichen Eidbruches schuldig würden. Aber obgleich er öfter ermahnt wurde, so verharrte doch sein böser Sinn und sein böses Gemüth in der Hartnäckigkeit bis zu Ende. Zuletzt zeigten sie ihm an, sie wollten nicht eidbrüchig sein und würden, wenn er ihrer Herrin nicht nachgäbe, ihn verlassen. Als er dies gering achtete und auf Nichts, was gesagt wurde, hörte, so kam mit Gottes Hülfe die Zeit heran, wo seine Bosheit ein Ende nehmen sollte, wie jener Weise schreibt: „Wenn einer zu Grunde gehen soll, wird sein Herz zuvor stolz," [1] dieweil er auf keine Weise nachzugeben, noch auch über diese Angelegenheit weiter ein Wort zu hören geruhte. Als die Fürsten jenes Landes dies gewahr wurden, faßten sie einhellig den Plan, einen Getreuen des Königs, mit Namen Budo, zu ermorden, den Anstifter aller dieser Uebel, nach dessen Rathe er Alles gethan hatte, da er selbst ganz dessen Denkweise nachgab. Sie gingen also zum Könige und forderten hartnäckig, ihnen Jenen zur Bestrafung mit dem Tode auszuliefern, als ihrer Aller gemeinsamen Feind, der seinem Lande und seinen Landsleuten Verderben bringe. Als aber der König sah, daß er selbst schlimm daran war und Jenem keiner Schutz gewähren könne, soll er geantwortet haben: „Da ich Jenen nicht retten kann, noch auch dem Tode überliefern will, verweigere ich ihn Euch nicht." Als sie dies hörten, ergriffen sie ihn sofort, tödteten ihn, indem sie ihn in Stücke

---

1) Sprüche Salom. 18, 12.

hieben, und rissen seinen beiden Kindern die Augen aus. Darüber 1041. erschrak der König gewaltig und floh in derselben Nacht mit Wenigen in das Land der Baiern, obschon er wußte, daß diese ihm mit Recht feindlich gesinnt seien, weil er ohne Grund ihre Feinde unterstützt hatte. Da er nämlich alle Guten anzufeinden und die Plane der Schlechten immer zu unterstützen strebte, so hatte er auch dem böhmischen Herzoge, als derselbe sich wider seinen Lehnsherrn, [1]) unseren König, setzte, im Herbste des vergangenen Jahres, wie wir erzählt haben, mächtige Hülfe geleistet. Und so geschah es nach dem Gerichte Gottes, daß er in dem Elende seiner Entsetzung dessen Mitleid bedurfte, den er ohne Grund gereizt, obgleich er von demselben früher nur Gutes empfangen, ihm aber als ein Bösewicht das Gute mit Schlechtem vergolten hatte. Dennoch nahm ihn unser König in voller Gnade auf und erwies ihm sehr viele Wohlthaten, indem er Mitleid mit seinem Elende hatte und seiner eigenen Kränkung um Gottes Willen vergaß. Als die Ungarn aber erfuhren, daß er geflohen, setzten sie sich einen anderen König, mit Namen Obo, welcher nach königlicher Sitte sofort geweiht wurde. Den Hauptantheil an diesen Ereignissen hatten zwei Fürsten des Königreiches, von denen der eine den Namen Ztoizla führte, der andere Pehzili genannt wurde. Der König nun hielt eine Synodalversammlung und bestimmte nach gemeinem Rathe der Bischöfe und Fürsten, daß alle Erlasse, welche Peter unrechtmäßig nach seinem Gutdünken angeordnet hatte, aufgehoben sein sollten; auch wollte er zweien Bischöfen ihre ihnen mit Gewalt entzogenen Aemter zurückgeben, beschloß aber, da Andere geweiht waren, diese Angelegenheit dem Urtheile des römischen Bischofs aufzuheben.

Der Erzbischof Dietmar von Salzburg, der von der Gicht gelähmt war, stirbt eines elenden Todes; an seine Stelle wird Belbing gesetzt.

Es fand eine Heerfahrt gegen die Böhmen statt, mit besserem Erfolge Gottlob als früher. Die Slaven freilich wollten sich der königlichen Gewalt nicht unterwerfen, indem sie hofften,

[1]) senior.

2*

1041. auch dieses Mal Sieger zu bleiben, wie sie es in dem Feldzuge des ver
gangenen Jahres gewesen waren. Der König Heinrich aber
demüthigte sich mit all seinen Fürsten vor Gott, mit dem Propheten
sprechend mit Herz und Mund: „Es ist mir lieb, daß Du mich
gedemüthiget hast,"¹) indem er diese Worte der Schrift immer im
Sinne hatte: „Welchen der Herr lieb hat, den züchtiget er; er stäupet
aber einen jeglichen Sohn, den er aufnimmt."²) Als so der gerechte
Richter Aller, der keinen Schuldigen unbestraft läßt, der Unserer
Demuth und die Frechheit Jener sah, erniedrigte er Jene, die er
früher mit Glücke begünstigt, in dem Maaße, wie er die Unseren
durch die Widerwärtigkeit des Leidens erhob. Als nämlich der
König mit dem Heere heranzog, hatten sie die Wälder unzugäng-
lich gemacht, bereit, auf allen Seiten Jenen mit den Waffen
das Betreten ihres Landes zu wehren; durch die Fürsicht der
göttlichen Gnade aber kam dem Könige ein glücklicher Gedanke,
nämlich einige Tage vor dem von den Feinden besetzten Wege
stille zu liegen, als wollte man hier den Eintritt mit den Waffen
erzwingen. Hierher kamen öfter Boten des Herzogs, brachten aber
keinen Bescheid, welcher der Majestät des Königs Genüge gethan
hätte. Nachdem aber der König dort eine große Menge zurückgelassen hatte, umging er auf unwegsamen Pfaden den Wald, und
fiel unvermerkt in ihr Land ein. Dies merkten die Einwohner nicht
früher, als bis sie hörten, daß Jene alle zusammen unversehrt
ohne Verlust an Geräth innerhalb des Landes Fuß gefaßt. Ein
solcher Uebermuth hatte sie aber erfaßt, daß weder das Vieh ge-
flüchtet, noch die Saaten geschnitten waren, dieweil sie glaubten,
Jene würden auf keine Weise eindringen können. Das alles ge-
reichte durch die Güte Gottes den Unseren zum Nutzen, indem sie
während eines Zeitraumes von sechs Wochen in allem Ueberfluß
sich in jenem Reiche erhalten konnten. Mit Feuer verwüsteten sie
Alles, was hier vorhanden war, mit Ausnahme zweier Provinzen,
welche sie, nachdem sie Jene unterworfen hatten, unversehrt ließen.
In dieser Zeit sandte der Herzog, als er seine und der Seinigen

---

1) Psalm 119, 71. 2) Hebr. 12, 6.

Gefahr erfahren hatte, endlich aufrichtig häufige Boten an alle 1041. Fürsten, damit sie seine Fürbitter wären; da dieselben aber keine annehmbaren Bedingungen boten, mußten sie öfter unverrichteter Sache heimkehren. Da gehen viele Fürsten des Landes mit dem Bischofe von Prag zum Cäsar, unterwerfen sich ohne Vorwissen des Herzogs, erlangen Gnade und legen die Absicht der Einwohner dar: entweder müsse der Herzog selbst aus freien Stücken zum Cäsar kommen, oder sie würden denselben ehestens in Fesseln herbeibringen. Als der Herzog dies erfuhr, kam er diesem Anschlage zuvor, schickt Gesandte, welche aufrichtig um Gnade bitten, erfleht den Beistand und die Hülfe aller ihm vertrauten Fürsten, daß ihm gestattet werde, sich mit seinem ganzen Reiche und den Seinen zu ergeben und die Gnade des Cäsars, wie es diesem und den Seinen gefiele, zu suchen. Er versprach eidlich, er werde nach Regensburg kommen, sich in demüthiger Unterwerfung dem Cäsar ergeben und achttausend Mark nach Königsloth zahlen, alle in Polen gemachten Gefangenen herausgeben, und Alles, was er dem Cäsar oder einem der Fürsten mit Gewalt oder List entzogen habe, ganz und vollständig wieder erstatten. Für diese Versprechungen gab er fünf Geiseln, nämlich seinen Sohn und die Söhne von vier Fürsten, welche der König, mit welcher Todesart es ihm beliebte, umbringen möge, wenn er selbst die Abmachung nicht ausführen sollte. Die Befestigungen in den Wäldern ließ er selbst, der sie vorher hatte herrichten lassen, abtragen und bahnte einen sehr breiten Weg, auf dem das ganze Heer ohne Anwendung von Gewalt und ohne Unfall mit Ehre und bedeutender Beute heimkehrte. Darauf nach Verlauf von zwei Oct. Wochen kam der Herzog am angesetzten Tage mit den meisten seiner Fürsten und mit Geschenken für den König, wie es sich ziemte, und fiel, während der Cäsar in der Pfalz in der Fürstenversammlung saß,[1] in der Sitzung Dieser barfuß zur Erde, wie es die königliche Würde heischte, indem er sich mehr erniedrigte, als er sich früher über sich selbst erhoben hatte. Unsere Fürsten aber, welche mit seinem Elende Mitleid empfanden, liehen ihm ihren Beistand und

---

1) Der König war im October zu Regensburg.

1041. gaben in geziemender Ehrfurcht dem Könige den Rath, den Bitt
gänger gnädig anzunehmen und demselben seine frühere Herrschaf
zurückzugeben. Als ihn der König zu Gnaden annahm, gelobte e
demselben eidlich, er wolle ihm getreu sein, wie der Mann seinen
Lehnsherrn schuldig sei, allen seinen Freunden werde er Freund sein
seinen Feinden Feind, und wolle nichts mehr von Polen oder vor
irgend einem königlichen Lande sich unterwerfen, außer den zwe
Landestheilen, welche ihm dort nach Recht zukämen. So wurde
Gottlob die Niederlage wieder gut gemacht, welche im vergangenen
Jahre die Unseren erlitten hatten, und nachdem alles bestens geordnet
war, kehrten Alle dahin nach Hause zurück, woher sie gekommen
waren.

Zur Zeit der vorerwähnten Heerfahrt aber sammelte Liutpold
der Sohn Adalperts, des Markgrafen der Baiern,[1] einen Heer-
haufen, so groß wie er vermochte, überfiel eine Burg, welche an
der Grenze der Marken Böhmens und Baierns gelegen, einst seinem
Vater mit Gewalt abgenommen worden war, und eroberte sie, führte
unermeßliche Beute an Menschen und Vieh fort, ließ den Sohn
des Burgherrn in Fesseln schlagen machte die Burg dem Erdboden
gleich und kehrte ohne Schaden nach Hause zurück. Auch seine Leute,
angespornt von diesem glücklichen Erfolge, zogen von Neuem nach
Böhmen und kehrten mit nicht geringerer Beute beladen zurück.
Derselbe Liutpold traf mit dem heimkehrenden Könige zu Regensburg zusammen und erhielt großen Dank und wohlverdiente Geschenke, darunter ein ausgezeichnetes Roß, eine Gabe des böhmischen
Herzogs, welche dieser dem Könige dargebracht hatte, mit einem
Sattel von außergewöhnlicher Schwere und Arbeit, der ganz aus
Gold und Silber gewirkt war. Der Markgraf übergab aber auch
den vorgenannten Gefangenen, den Sohn des Burgherrn, dem
Könige, der denselben sofort seinem Herzoge wieder zustellte; später
ließ er diesem durch königliche Gnade die Hälfte des versprochenen
Geldes nach.

Im selben Jahre richtete in Ostfranken ein sehr heftiger Sturm

1) Von Oesterreich.

großen Schaden an, so zwar, daß er bei Bamberg [1]) einen großen 1041. Theil eines Waldes niederlegte und unzählige Gebäude zum Einsturz brachte. Theuerung und sehr großer Mangel an Feldfrüchten im ganzen Reiche Franken. In demselben Jahre richtete der Fluß Eisack bei Botzen [2]) durch Uebertreten seiner Ufer eine klägliche Verheerung an, wusch die Erde von Weinbergen bis auf den Felsengrund weg, führte sie anderen daneben liegenden zu, machte die meisten derselben auf diese Weise unbrauchbar und richtete zu beiden Seiten des Flußbettes eine ungeheure Verwüstung der Gebäude, des Viehes und der Aecker an. Aber auch der Fluß Etsch wuchs plötzlich durch Ueberschwemmung bei Verona derart, daß in der Verwüstung ein Theil der Häuser, des Viehes, der Menschen und Aecker zu Grunde ging; und die Höhe der Ueberschwemmung zwang die Menschen, welche davon gekommen waren, in den Bau, so man Aerina [3]) nennt, zu fliehen und in demselben, bis das Wasser abgeflossen wäre, zu wohnen.

1042. Der Cäsar Heinrich beging das Geburtsfest des Herrn zu Straßburg, wohin er eine große Versammlung der Fürsten berief. Und es kamen dahin unter Anderen Gesandte des ungarischen Königs Obo, der, wie wir gesagt haben, an die Stelle des vertriebenen Peter gesetzt war. Denn als er gehört, daß dieser Peter des Cäsars Gnade wiedererlangt, fürchtete er, daß dieß seiner Herrschaft zum Unheile gereichen werde. Deßhalb schickte er jene Gesandtschaft, um in Erfahrung zu bringen, ob er sichere Feindschaft, oder festen Frieden erwarten dürfe. Als der Cäsar aber aus diesen Worten den Uebermuth seines Sinnes merkte, begegnete er ihm mit dieser Antwort: „Wenn Jener sich hütet, mich und die Meinigen durch Unbilden zu reizen, habe ich nicht vor Feindschaft anzufangen, wenn er aber selbst welche anfängt, so wird er mit Gottes Hülfe fühlen was ich vermag." Mit jenen Gesandten sandte er auch welche von seiner Seite, damit sie Jenem darüber sicheren Bescheid bringen

1) Von dem Annalisten ist dieser Name hier in's Latein übersetzt: Mons Pavonis, Berg des Pavo. 2) Pozannunium. 3) D. i. Arena, das römische Amphitheater zu Verona.

1042. könnten. Jener aber offenbarte bei dieser Gelegenheit die Hinterlist, die er früher ersonnen hatte. Denn alle Streitkräfte, welche er hatte, ließ er auf der Stelle heimlich zusammenrufen, in der Absicht, treu-brüchig die Unseren zu überfallen und denselben durch Plündern allen möglichen Schaden zu thun; und damit seinem Anschlage von Nie-manden vorgebeugt werden könne, ließ er alle Fremden, welche ins Land gekommen waren, Kaufleute, Boten und sagar die Gesandten des Königs — was bei allen Völkern für rechtswidrig gilt — da-selbst zurückhalten. Und zu beiden Seiten der Donau zog er herauf, das Land der Baiern zu plündern, er selbst, der König am südlichen Ufer des Flusses mit einem unermeßlichen Heere, nachdem er seinem Herzoge befohlen, am nördlichen Ufer dasselbe zu thun. Und wie es Sitte der Slaven ist, verbargen sie sich, durch die Wälder ziehend, mit wölfischer List bis zum dem Orte, den sie bestimmt hatten. In-dem sie also vom Flusse Treisen[1]) an anfingen, wütheten sie in be-jammernswerthen Beutezuge, die Einen ergreifen sie, während sie noch zu Bette liegen, die Anderen, während sie ohne Voraussicht dieses Unheils in den Häusern der Ruhe pflegen. Diejenigen aber, welche sich und das Ihrige mit den Waffen zu vertheidigen strebten, kamen von der großen Menge übermannt um, da sie nur vereinzelt waren. Dieß geschah aber am Montage nach dem

Febr. 15. Sonntage nach Sexagesima, von der ersten Morgendämmerung an bis zum Abend. Nachdem sie darauf in der Umgegend der Stadt Tulln[2]) übernachtet hatten, kehrten sie in ihr Land zurück im Triumphe. Und nicht ohne Grund: denn noch niemals hat Ungarn solche Beute in Baiern gemacht. Aber was die göttliche Rache da-mals an uns, deren Sünden es erheischte, vollbracht hat, das sparte sie für Jene theilweise für die Zukunft auf, theilweise brachte sie es sofort an Ort und Stelle zur Erscheinung. Denn wie groß das Glück des Königs und seiner Begleiter war, so großes Unglück traf den Herzog und seine Kampfgenossen. Da Dieser nach der Weisung des Königs an demselben Tage mit derselben List das nördlich der Donau gelegene Land verwüsten sollte, so machte er, da er ebenfalls

---

1) Treisama. 2) Tullina.

auf Unvorbereitete stieß, zwar eine große Menge Gefangene, mußte 1042.
sie aber mit Gottes Hülfe sofort wieder zurücklassen. Es war da=
mals gerade der Markgraf Adalbert und sein Sohn Liupold zur
Stelle, mit einem kleinen Häuflein Rittern und Knechten, nämlich
kaum dreißig Gewappneten [1]). Auch einige andere Edelleute und
Männer weilten auf ihren Gehöften und wußten noch ahnten etwas
von diesem Unheil. Sie sammelten sich aber nach Kenntniß der
Sachlage sofort und feuerten sich gegenseitig an, den feindlichen
Schaaren entgegenzurücken und sie, sofern Gott ihnen zu helfen ge=
ruhe, anzugreifen, da sie meinten, es sei ehrenvoller das Leben in
Ehren zu verlieren, als in Schande weiterzuleben. Der Feinde
waren aber, wie wir erfahren haben, zehn Schaaren [2]), welche in
drei Theile getheilt waren. Von diesen bewachte ein Theil die Beute,
der andere rückte den Unseren zum Kampfe entgegen, der letzte lag
im Hinterhalt, um den Unseren in Rücken zu fallen. Obwohl der
Unseren noch keine dreihundert waren, stürmten sie doch mit ge=
waltigen Anprall auf Jene eine, tödteten Viele, verwundeten die
Meisten, schlugen die Wenigen, welche übrig blieben, in die Flucht.
Nachdem Diese mit Gottes Hülfe besiegt waren, wandten sie sich,
um die Masse der Gefangenen zu befreien. Und auch Diese besiegten
sie leicht, da sie der Hülfe des Herrn gewürdigt waren. Auch sämmt=
liche Gefangenen, Weiber zumal und Männer, dankten Gott, als sie
die Ihrigen erkannten, und wütheten mit Speeren, Messern und
Pfeilen gegen die, so sie gefangen, bis Alle niedergemacht waren.
Denn was der Zufall Jedem in die Hand gab, das machte der Zorn
zur Waffe. Als sie, nachdem dies vollbracht und dem Herrn wür=
diges Lob dargebracht war, nach Hause zurückkehren wollten, sahen
sie sehr große Schaaren, Streithaufen hinter sich im Hinterhalt liegen,
nämlich jenen Theil, der, wie gesagt, bereit war ihnen in den Rücken
zu fallen und sie mit der Schärfe des Schwertes umzubringen. So=
bald sie Diese erblickten, so Wenige eine solche Menge, erzitterten sie

1) scutati, Schildträger, d. i. Geharnischte zu Roß, Ritter, von welchen jeder zwei
oder drei Knechte, leicht bewaffnete Fußgänger führte. 2) Wie oben legiones, unter welchem
Ausdruck wohl kaum eine bestimmte Zahl gedacht ist.

heftig, besonders da sie schon von so großem Morden ermattet waren. Endlich kehrten sie ihre Hoffnung zu dem Streiter der Kirche, dem zu mißtrauen Sünde ist, und begannen den Kampf, indem sie Gottes Sohn zum Beistande anriefen. Und da dieser ihnen auch beistand, so wurden die Feinde sämmtlich erschlagen, außer denen, welche auf der Flucht in die Strudel des Flusses, so man March [1]) nennt, stürzten, von denen auch die Meisten das Leben in den Wogen verloren und nur sehr Wenige entkamen. Der Herzog aber, der mit knapper Noth durch die Flucht entkam und mit Hülfe seines Pferdes über das Wasser setzte, wurde vor den König gebracht und zum Danke geblendet. Denn es ist Sitte, die Krieger mit angemessenen Belohnungen zu bedenken: der aber wurde seines Herzogthums und der göttlichen Gabe [2]) beraubt. An diesem Lohne wird erkannt, was er und seine Begleiter gethan haben. Um dieselbe Zeit zogen Einige aus Ungarn gegen Kärnthen und machten unermeßliche Beute. Als aber der Markgraf Gotefrid herzukam und sie angriff, wurden sie alle niedergemacht bis auf Wenige, welche heimlich entflohen. Nachdem die Kärnthner aber die Gefangenen wieder erlangt, kehrten sie im Triumphe in die Heimath zurück.

Febr. 21. In diesen Tagen, nämlich am Sonntage Quinquagesima, wurde das Fürstenthum Baiern in der Stadt Basel dem Herzoge Heinrich [3]), dem Brudersohne des Herzogs Heinrich [4]) und der Frau Kaiserin Chunigunde, der Gemahlin Heinrichs, des frömmsten und würdigsten April 11. Kaisers, übergeben. Das Osterlamm opferte darauf unser König zu Cöln und versammelte die Fürsten des ganzen Reiches, um ihren Rath zu suchen darüber, wie man den Unternehmungen der Ungarn begegnen könne. Sie alle gaben wie aus einem Munde den Rath, man müsse ihr Land mit Heeresmacht überziehen und die Gnade Gottes versuchen, welcher Keinem ein gerechtes Urtheil verweigern will gegen die, welche ohne Vorhandensein irgend eines Grundes mit solcher Verwüstung im deutschen Reiche gewüthet hatten. Darauf Mai 30. feierte er Pfingsten zu Wirzburg und sandte den Bischof Bruno [5])

---

1) Marahg. 2) Des Sehens. 3) Dem Siebenten, einem Sohne des Grafen Friedrich von Luxenburg. 4) Des Fünften. 5) Von Wirzburg.

mit Männern und Frauen ab, um sich die Tochter des Grafen
Wilhelm von der Provence [1]) anzuverloben. Die Heerfahrt aber
fand statt im folgenden Monat [2]), nachdem ein gewaltiges Heer zu-
sammengebracht war, dem die Barmherzigkeit Gottes während des
Marsches Glück und bei seiner Ankunft großen Ruhm verlieh. Sie
durchzogen nämlich das Land auf der nördlichen Seite des Donauflusses auf Eingebung und Rath des böhmischen Herzogs, welcher
daselbst zur Zeit zugegen war mit einer Truppe, wie sie dem Könige
gebürte. Die Einwohner aber schickten eine Gesandtschaft und versprachen, thun zu wollen, was der König beföhle, nur nicht Peter
als ihren König wieder aufzunehmen, was der König doch ernstlich
beabsichtigte, weßhalb er Jenen auch mit sich führte. Da er demselben nämlich seine Hülfe versprochen hatte, so strebte er auch danach
ihm solche durch Wiedergewinnung seines Reiches zu zeigen; aber
die Seinen verwünschten Jenen dermaßen, daß sie offen bekannten,
sie würden ihn niemals wieder aufnehmen. Neun Städte nahm da
der König durch Unterwerfung ein, welche er auf Bitten Brätezlavs
und mit Zustimmung der Einwohner dem Brudersohne des Königs
Stephan gab, der mit diesem Herzoge gekommen war; zwei dieser
Städte aber, welche der bairischen Mark zunächst lagen, wurden vor
Ankunft der Unseren durch das Feuer der Insassen verzehrt. Nachdem dieß also mit Gottes Beistand vollbracht war, kehrten der König
und die Seinigen nach Hause zurück, indem sie Gott wegen des
glücklichen Erfolges lobten. [Der König Heinrich war am 9. August Aug. 9.
in Altaich.] Der Bischof Heribert von Eichstädt starb; ihm folgt
sein Bruder Gezmann, der bald darauf starb. Der Abt Ulrich von
Regensburg [3]) starb; ihm folgt der Abt Erchanpert von Monsee.
Die Abtei Tegernsee, welche Jener ebenfalls gehabt hatte, erhielt
Herrandt, ein Mönch dieses Klosters. Der Bischof Nitzo von Lüttich
starb; es folgt Watzo, Probst desselben Ortes.

    1043. Der König brachte das Geburtsfest des Herrn in Goslar
zu. Hier giebt er das Bisthum Eichstädt dem Gebhard. Unter

---

    1) Vielmehr Graf von Poitou, Herzog von Aquitanien. 2) Im Herbst nach Heri-
mann von Reichenau. 3) Von St. Emmeram.

1043. anderen Fürsten war anwesend der Herzog Brateslav von Böhmen, welcher dem Könige angemessene Geschenke darbrachte, und selbst ehrenvoll behandelt, nach Ablauf der Festtage, mit königlichen Gaben geehrt, heimkehrte. Auch Gesandte der Russen brachten große Geschenke und kehrten, nachdem sie noch größere empfangen, heim. Die Boten des polnischen Herzogs wurden mit ihren Geschenken zurückgewiesen und wurden weder der Audienz noch der Ansprache an den König gewürdigt, weil er nicht, wie ihm befohlen war, selbst kommen wollte. Er schickt aber nochmals eine Gesandtschaft, entschuldigt sich und gibt Sicherheit über den Grund seines Ausbleibens, indem er einen Eid verspricht, und wurde so gewürdigt, die Gnade des Königs

Febr.14. wiederzuerlangen. In derselben Zeit starb die Kaiserin Gisela, die Mutter des Cäsars, und wurde von diesem und den Bischöfen und Fürsten neben ihrem Gemahle, dem Kaiser Chunrad, zu Speier[1]

April 3. begraben. Ostern beging der König zu Lüttich, von da ging er dem Könige der Karlinger[2] zur Unterredung entgegen. Zu Pfingsten

Mai 22. war er in Paderborn[3]; hierher kamen Gesandte der Ungarn, welche den Frieden mit den Unseren wiederherzustellen wünschten, und deßhalb dem Könige eine große Leistung versprechen, nämlich die Entlassung der Gefangenen, welche sie hätten, das Wergeld für die, welche sie nicht zurückgeben könnten, und außerdem viele Pfunde Gold nach dem gnädigen Ermessen des Königs. Der König aber in Erwägung ihrer Absicht, seine Heerfahrt zu hintertreiben, antwortete, daß er kein Abkommen schließen wolle, bis er nach Regensburg käme, und nur wenn sie dann das zu der versprochenen Leistung zufügen würden, was seine Beamten[4] gegenüber dem Volke jenes Landes für angemessen hielten. Sobald also der König und die Seinen zum Feldzug gerüstet dorthin gekommen waren, waren auch Jene, wie ihnen befohlen war, zugegen, indem sie mit wiederholtem Gelöbniß Alles, was sie versprochen hatten, steigerten; sie störten aber durch Eines das bevorstehende Abkommen, indem sie nämlich ver-

1) Nemito faftimmer im Text. 2) Heinrich I. von Frankreich. 3) Boderabrunnun. 4) satrapae, wohl Grafen und Markgrafen der von den Ungarn geschädigten Gegenden.

langten, der König solle den Frieden beschwören; und deßhalb kehrten 1043.
sie unverrichteter Sache heim. Als der König nun an die Grenze
des Reiches kam, wo das Heer gemustert werden sollte, beschloß er
ohne Bedenken, in der Feinde Land einzufallen; und man hatte ver=
abredet, am anderen Tage mit Maschinen gegen das Werk, durch das
die Feinde den Fluß Repcze[1]) geschlossen hatten, zu kämpfen. Schließ=
lich kamen demüthige Gesandte, welche die Seele von Schmerz ge=
peinigt, verzweiflungsvoll, um Friede und Verzeihung für ihr Ver=
gehen baten und Alles, was dem Könige und den Fürsten gefiele,
zu thun gelobten. Da sagten sie zu, das gefangene Volk, wie oben
gesagt, freizulassen oder das Wergeld unter eiblicher Sicherheit zu
zahlen und den Theil des Reiches wieder herauszugeben, der einst
dem Könige Stephan aus Freundschaft gegeben war[2]), ferner zur
Sühnung des Zornes des Königs 400 Talente Gold und ebensoviel
köstliche Gewänder zu geben, der Königin Gisela alles zurückzuer=
statten, was ihr Gemahl, ebendieser Stephan, ihr geschenkt und was
Jener[3]), ebenso wie Peter, ihr vordem entzogen hatte. Das Alles
aber versprach der ungarische König selber eiblich und sicherte es noch
dazu durch Stellung von sieben Geiseln, welche die Unseren aus=
wählten, und zwar mit der Bedingung, daß, wenn am Feste des
heiligen Andreas dieß Alles erfüllt wäre, er sie wieder erhalten sollte, Nov. 30.
wenn nicht, sollten sie verloren sein. Darauf kehrten Alle, Gott an=
gemessenes Lob spendend, nach Hause zurück. Bald danach rief der
König eine nicht geringere Streitmacht zusammen und zog nach
Besançon[4]), einer Stadt Burgunds, nahm daselbst seine Braut, von
der wir vorher erzählt haben, in Empfang, führte sie nach Mainz,
ließ sie hier zur Königinn weihen und machte, nachdem die Tage der
Weihe vorüber waren, zu Ingelheim Hochzeit mit königlichem Ge= Nov.
pränge, wie es sich gebürte. Es waren fast alle Fürsten aus allen
Theilen des römischen Reiches zugegen, Bischöfe, Herzoge, Mark=
grafen, Grafen[5]), dazu unzählige Fürsten, die andere Aemter be=

---

1) Rapiniza. Die Repcze ist ein linker Nebenfluß der Raab, der gegenüber der Stadt
Raab in diesen Fluß fällt. 2) Den Theil des Reiches bis zum Flusse Leitha, nach Heri=
mann von Reichenau. 3) Nämlich der König Obo. 4) Besontiouum. 5) praesides, von
tem ihnen zustehenden Vorsitz im Gerichte wol so genannt.

gleiteten. Nicht lange danach starb Liutpolt, der Sohn des Mark=
grafen Adalpert, ein Jüngling von ausgezeichneten Anlagen, welcher
von Bielen mit großem Schmerze beweint, von seinem Batersbruder,
dem Erzbischofe [1]), zu Trier begraben wurde.

1044. Der König beging mit seiner jungen Frau das Geburtsfest
April 22. Christi zu Trier, zu Nimwegen Ostern. Gozzilo, der Herzog der
Lothringer starb, und es entsteht unter seinen Söhnen Streit über
seine Güter. Er hatte nämlich zwei Herzogthümer und eben so viele
Söhne, deren einem Godefrid er, als er noch lebte, das eine Herzog=
thum hatte übertragen lassen; das andere behielt er bis an sein
Lebensende; und als der Bater gestorben war, wollte es der König
dem anderen Sohne Gozzilo geben. Der Bruder aber wollte dem
nicht beistimmen. So ging man auseinander, indem weder der König
Jenem das Fürstenthum übergeben, noch Jener dem Könige gut=
willig sich fügen wollte. In Ungarn kam innerer Zwist zum Aus=
bruch, der schon seit langem im Berborgenen sich vorbereitet hatte,
nämlich gegen den ungerechten König eine gerechte Berschwörung,
daß den unangemessen Erhöhten eine angemessene Erniedrigung
herunterwürfe. Es hatten sich nämlich die meisten Fürsten ver=
schworen, das zu büßen vor dem Herrn, was sie gegen ihren König
verbrochen hatten, und suchten, damit sie denselben zur Berföhnung
brächten, denjenigen, welchen sie unrechtmäßig an seine Stelle gesetzt
hatten, entweder gefangen oder todt dem Cäsar auszuliefern. Aber
auch das kam zu seinem Unglücke hinzu, daß er unseren König von
Neuem schwer beleidigt hatte, indem er das Berfprechen, welches er
im vergangenen Herbfte gethan und sogar mit einem Eide, wie wir
vorher gesagt haben, bekräftigt hatte, nicht erfüllte. Einer aber, der
bei dieser Berschwörung betheiligt war, sorgte für sein Heil und
verrieth dem Könige alle Berschworene, von denen derselbe einige
tödten ließ, andere wurden mit Gottes Hülfe befreit und entgingen
seiner Hand. In Folge dessen werden die, welche entkommen konnten,
noch mehr aufgereizt, flehen den Cäsar um Hülfe an, entdecken dem=
selben die Hinterlist des Tyrannen, die er in Bezug auf den Bertrag

1) Poppo.

geübt hatte, und fordern ihn zur Eroberung ihres Landes auf. 1044.
Schließlich beschloß der Cäsar, von ihnen überredet oder vielmehr,
wie sich hernach zeigte, auf Eingebung eines göttlichen Befehls, in
jene Gegenden sich zu begeben, so heimlich als möglich. Da aber
war zu ersehen, daß Gott der gerechte Richter die Ungerechtigkeit
vernichten will, daß kein Sterblicher so viel Gnade zu wünschen wagt,
wie er später aus sich selbst erzeigen will. Der König nämlich rückte
vor, in der Absicht, die Erfüllung des Vertrages zu betreiben und
führte, als ob er aus der bairischen Mark zurückkäme nur zwei Heer-
haufen, einen norischen [1]) und einen böhmischen. Von den übrigen
Theilen seines Reiches hatte er nur seine Dienstmannen [2]) bei sich,
da die Dürftigkeit der Feldfrüchte zum Lebensunterhalt Mehrerer
nicht ausreichte. Dieß aber hatte er gegen den Rath fast aller seiner
Untergebenen gethan, und es ist daher zu glauben, daß Gott seinem
Geiste eingegeben habe, was er selbst von Ewigkeit an vorherbestimmt
hatte. Als er auf dem Marsche war, kamen mehrere Gesandte Obos
und forderten die Flüchtlinge, welche bei dem Könige waren, heraus,
indem sie klagten, daß dieselben Uebelthäter an ihrem Reiche seien,
und versicherten, dieselben hätten zu allererst gegen die Unseren auf-
gehetzt. Auch suchten sie unseren König von dem Zuge, den er begonnen, abzubringen, indem sie etwas mehr, als sie vorher gelobt
hatten, versprachen; hauptsächlich aber suchten sie die Stärke des
Heeres auszukundschaften. Mit Ehren und klüglich wurden sie zurückgehalten, bis die beiden Heere auf den Zwischenraum eines Tage-
marsches an einander gekommen waren; es hatte nämlich Jener,
der zum Scheine um Frieden nachsuchte, inzwischen unermeßliche
Streithaufen versammelt. Als sie aber, nachdem die beiderseitigen
Zwischenträger gesprochen, sich vereinbaren weder konnten, noch wollten,
beschlossen sie mit den Waffen den Streit auszufechten und setzten
dafür den dritten Tag darauf an, an welchem Gottes Gericht sich
offenbarte. Als an diesem Tage unser Held an den festgesetzten Ort
gekommen war und Jenen durchaus nicht gefunden hatte, so wollte

---

1) D. i. bairischen. 2) aulici, Hofleute, die Hörigen des Reiches, welche die königlichen
Hofämter versahen und eine stets schlagfertige, bewaffnete Macht bildeten.

1044. er ihm über den Fluß Repcze [1]) nachsetzen, fand aber den Weg durch
stehende Wasser und Verhaue nach der bei jenem Volke üblichen
Art gesperrt. Da aber die Ungarn, welche er bei sich hatte, die
Wege wiesen, so ritt er die ganze Nacht am Ufer aufwärts und
setzte im Morgengrauen auf einer bequemen Furt über den Fluß.
Als diejenigen, welche die Verhaue bewachten, die Ankunft der
Unseren ersahen, so ließen sie Alles, was sie hatten, im Stich und
ergriffen die Flucht. So wurde den Unseren der Weg geöffnet und
große Beute an Lebensmittel hinterlassen. Am dritten Tage endlich
nach dem festgesetzten Kampfe, als die Vorhut der Unseren den Fluß
Raab [2]) überschritten, siehe da erscheinen von ferne unermeßliche
Streitmassen, welche das weite Feld, gleich als ob ein Wald empor-
gewachsen sei, bedeckten. So vorbereitet umzingeln sie das kleine
Häuflein der Unseren von allen Seiten mit ihren Streitkräften, damit auch nicht Einer davon durch die Flucht dem Tode entrinnen
könne. Aber Gott, der Nichts ungestraft läßt, was vor seinen Augen
ungerecht ist, verkehrte seine Gerechtigkeit zum Urtheil und machte
alle Plane Jener zu Nichte; und Alles, was sie den Unseren zur
Falle hergerichtet hatten, schlug ihnen selbst zum Verderben aus: Auch
dieß war Gottes Gericht angemessen, daß der Zwist der Könige nicht
eher geschlichtet wurde, als bis er mit vielem Blute derjenigen ge-
sühnt war, durch deren Wuth er entstanden; denn „wer das Schwert
nimmt, der soll, wie die Wahrheit sagt [3]), durch's Schwert umkommen".
Auch den anderen Völkern, die den weiten Erdkreis bewohnen, hat
sich der König der Könige mit Jenen ein Beispiel zu geben herab-
gelassen, daß sie ihre Fürsten und vor allem die Könige ehren sollen,
da es keine Gewalt gibt, außer von Gott, wie die heilige Schrift
bezeugt [4]). Als an dem Tage, an welchem sie schlagen wollten, beide
Völker, wie wir oben gesagt haben, so weit gegen einander gerückt
waren, daß man sich leicht gegenseitig erkennen konnte, erschien ein
kleines Wölkchen, ein himmlisches Zeichen, denen welche der heilige
Vater, der Nachfolger des heiligen Petrus, deßwegen weil sie ihren
König entehrt hatten, vordem in den Bann gethan. Und siehe ein

---

1) Rabaniza. 2) Rhaba. 3) Matthäus 26, 52. 4) Römer 13, 1.

gewaltiger Wirbelwind, der auf der Seite der Unseren entstand, 1044.
jagte Staub in Masse den Gegnern ins Antlitz. Als sich derselbe
gelegt und die Unseren den Herrn angerufen hatten, während Jene
dagegen ein wüstes Geschrei erhoben, entspinnt sich ein sehr blutiger
Streit und es wird von beiden Seiten mit aller Anstrengung ge=
kämpft. Denn Jene leisteten beim ersten Zusammenstoße tapferen Juli 5.
Widerstand, da sie in Folge von Botschaften Einiger aus Baiern
sicher waren über die geringe Anzahl unseres Heeres und auf die
Stärke des ihrigen vertrauten. Als sie aber sahen, wie unzählige
von den Ihrigen fielen, fingen sie an kehrt zu machen und zu weichen,
und die Unseren verfolgten sie fast sechs Meilen auf ihrer Flucht.
Sie bedecken die Erde mit unzähligen Leichen; die vergoldete Lanze
des Königs wird erbeutet; Bischöfe, Kapläne, Fürsten und andere
mehr werden zurückgehalten; endlich kehren die Unseren, des großen
Mordens überdrüssig, im Triumph in ihr Lager zurück. Da fiel
der Cäsar, barfuß, ein hären Gewand auf dem bloßen Leib, vor
dem lebenspendenden Holze des heiligen Kreuzes nieder, dasselbe that
das Volk mit den Fürsten, indem sie Ehre und Ruhm spenden dem,
der ihnen einen solchen, so wunderbaren, so unblutigen Sieg ge=
schenkt hatte; auch vergaben sie Alle aus Dank für das Geschenk
Gottes Allen, welche durch irgend ein Vergehen ihre Schuldiger
waren. Darauf suchten sie ihre Todten, deren sehr Wenige waren,
und erwiesen denselben die Pflicht der Menschlichkeit, den Verwun•
deten aber erwiesen sie die größtmöglichste Sorgfalt und sandten sie
ins Vaterland zurück. Inzwischen kam die Bevölkerung des Landes,
bald in Schaaren, bald Einzelne, und ergab sich dem siegreichen
Cäsar, der sie mit mildem Antlitz empfing und ihrem Könige Peter
überwies. Von da gehen sie zusammen weiter, gelangen nach Weißen•
burg ¹) in großem Zuge, mit königlichem Gepränge empfangen.
Hier bekleidet der Cäsar den Peter mit den königlichen Abzeichen
und setzt, ihn an der Hand führend, denselben wieder auf seinen
Herrschersitz; in der Kirche der jungfräulichen Gottesmutter, wo sich
die Fürsten versammelt hatten, fand die Aussöhnung zwischen dem

¹) Wizenburg.

1044. Könige und dem Volke statt. Auf ihre Bitten gestattete der Köni[g]
ihnen das deutsche Recht und kehrte, nachdem er ihnen eine B[e]
satzung der Seinen zurückgelassen, nach Hause zurück und kam na[ch]
Regensburg. An diesem Tage genoß er nicht eher etwas, als bi[s]
er alle Kirchen barfuß und in härenem Gewande besucht und di[e]
Altäre der Kirchen je mit einem kostbaren Tuche bekleidet hatt[e.]
Noch niemals früher sah man in dieser Stadt ein solches Frohlocke[n]
des Volkes und der Fürsten zu Gott, ein so frommes Lobsinge[n]
von Geistlichen, Mönchen und Christus geweihten Jungfrauen. Ob
übrigens kam auf der Flucht in ein Dorf, und kam, da der Ho[f]
vom Blitz angezündet wurde, beinahe um; kaum durch die Fluch[t]
entkommen verbarg er sich, bis er ergriffen und nach gemeinsamen
Urtheil der Unseren und der Seinen mit dem Tode bestraft wurde[.]

Auf die Kunde von diesen Vorgängen fing der Herzog Gotefri[ed]
durch Freunde und Boten an das Gehör des Cäsars zu belästigen[;]
er möge geruhen, das über ihn verhängte Urtheil abzuändern; e[r]
verspricht Alles, was ihm auferlegt würde, bereitwilligst zu thu[n]
oder zu erleiden, wenn er nur beide Herzogthümer behalte. Darau[f]
antwortete der Cäsar, wenn er von seiner Bosheit ablassen un[d]
seinem Bruder in Frieden die Gemeinschaft der Herrschaft zugesteher[n]
wolle, so werde des Königs Majestät nimmer der erlittenen Unbil[l]
gedenken wegen der Verzeihung, die er allen seinen Schuldigern a[n]
der Grenze Ungarns habe zu Theil werden lassen; wo nicht, s[o]
wolle er der Ungerechtigkeit des Herzogs nicht zustimmen, sondern[,]
soviel er mit Gottes Beistand vermöge, derselben begegnen. Als e[r]
öfter einen Bescheid dieser Art gehört hatte, aber hierzu auf kein[e]
Weise gebracht werden konnte, verschwor er sich mit dem Könige de[r]
Karlingen wider den König, seinen Herrn. Dazu verpflichtete e[r]
alle Mannen seines Landes durch einen Eid, daß sie ihm auf drei
Jahre, gegen wen er sie führen werde, beiständen. Als der König
dies erfuhr, befahl er ihm, vor sein Antlitz zu kommen, was derselbe, um allen Verdacht zu vermeiden, auch ohne Bedenken that.
Als in der Fürstenversammlung diese Sache verhandelt wurde und
er die offenkundige Richtigkeit derselben nicht ableugnen konnte, so

wurde der Spruch seiner Landsleute ¹) gefordert, und geurtheilt, daß
er aller Lehen, die er von Seiten des Cäsars habe, verlustig sein
solle. Nachdem ihm so beide Herzogthümer abgesprochen waren,
kehrte er nach Hause zurück und verübte die Hinterlist, die er längst
im Geheimen vorbereitet, endlich offen gegen den König und das
Reich, indem er die ihm abgesprochene Gewalt wieder in Besitz
nahm, die Burgen und Städte des Landes mit Mauern und Waffen
befestigte, mit Besatzungen anfüllte, und von daaus die Grafen des
Landes und die dem Könige getreuen Grafen ²) überfiel, ihre Güter
mit Mord, Brand und Verwüstung verheerte. Eine Mondfinsterniß
war am 2. November, eine Sonnenfinsterniß am 22. November. Der ^{Nov.}
Bischof Dietmar von Hildesheim starb; es folgt Azilin. Auch der
Bischof Khazo ³) von Naumburg starb auf italischem Boden.

1045. Der König beging das Geburtsfest Christi zu Speier,
seinem Lieblingsorte, und verhandelte mit den Fürsten, wie er den
Unternehmungen Gotefrids begegnen solle. Nachdem die Feiertage
vorüber waren, rief er ein Heer aus diesen Gegenden zusammen
und zog aus um die Tyrannei Jenes zu unterdrücken und die Seinen
vor heidenmäßiger Befehdung zu schützen, überfällt eine durch ihre
Lage sehr feste Burg ⁴), erobert sie durch Anwendung von Maschinen,
reißt sie nieder und zerstört sie gänzlich. Dasselbe hätte er auch den
übrigen Burgen gethan, wenn er nicht durch den Hunger des Volkes
verhindert worden wäre, welcher in den Zeiten dieses Jahres durch
das ganze Reich so heftig war, daß viele große Dörfer nach dem
Tode der Einwohner leer standen. Nachdem er also daselbst Truppen-
theile zurückgelassen, welche die Burgen belagern und die Feinde an
der begonnenen Verwüstung hindern sollten, kam er selbst von da
nach Augsburg, wo er eine Versammlung der Langobarden abhielt ^{Febr.22.}
und mit ihnen über die Ordnung jenes Reiches Beschlüsse faßte.
Von da kam er nach Freising, wo er die erste Woche der vierzig- _{Febr.24-}
tägigen Fasten zubrachte. Dorthin kamen Boten seines ungarischen _{März 2.}

---

1) contubernales, eigentlich Zeltgenossen. Vielleicht ist zu lesen contribules. 2) Beide
Male praesides (oben S. 19.) 3) Kabaloh, der Kanzler des Königs für Italien. 4) Böckel-
heim, nicht weit von Kreuznach.

1045. Königs Peter, welche baten, er möge die bevorstehenden Pfingsten zu
seinem Sohne[1]) kommen und dieses Fest mit demselben zu be-
März 31. gehen geruhen. Darauf brachte er am Palmsonntage in Bamberg
April 7. dem Herrn Baumreiser dar, feierte Ostern in dem königlichen Weiler[2])
Goslar, und gab am ersten Feiertage Otto, dem Sohne der
Schwester des dritten Königs Otto[3]), das Herzogthum Alemannien,
seinem Kaplane Ebbo das Naumburger Bisthum. Auch nahm
er den Sohn Baldwins[4]) mittels Händeschluß[5]) zum Mann auf
und gab ihm die seinem Lande angrenzende Mark[6]), welche Gotefrid
Mai   zu erlangen gesucht hatte. Darauf kam er vor den Tagen der Bitt-
12.-18. woche nach Regensburg und fuhr auf einem angemessen ausgestatteten
Mai 16. Schiffe nach Passau, wo er die Himmelfahrt des Herrn feierte;
von da aufbrechend eilte er in schneller Fahrt wohin er gebeten
war, nach Ungarn. Auf dieser Reise wurde er von einem traurigen
Unfall heimgesucht, der bei weitem bejammernswerther war, nicht
nur als die seither erduldeten, sondern auch als alle, von denen
man später hören sollte. Denn als er an der gefährlichen Stelle
des Flusses, so man Poienstein nennt[7]), vorüberfuhr, und der Bischof
Brun von Wirzburg, sein Verwandter[8]), ihm auf seinem Schiffe
folgte, sah dieser Bischof auf dem vorgenannten Stein eine Erscheinung, die Gestalt des Teufels, und hörte wie sie zu ihm sprach:
„Bischof, wohin du auch gehst, in meiner Gewalt bist Du und
wirst du sein. Wenn ich Dir auch jetzt nichts thue, in Zukunft
werde ich Dich doch treffen.“ Nach diesen Worten wurde er von
der Beschwörung des Bischofs gebannt, verstummte und verschwand
gänzlich. Doch trog er, obschon er immer ein Lügner gewesen, dieses
Mal nicht ganz. Denn als der König nicht weit davon auf Ein-
ladung und angelegentlichste Bitte nach Persenbeug[9]) abgelenkt hatte,

---

1) D. i. zu dem Ungarnkönig, der sich aus Ehrerbietung und Unterwürfigkeit Heinrichs
Sohn nennt. 2) villa. 3) Otto, seither Lothringischer Pfalzgraf, war ein Sohn des
Pfalzgrafen Ezzo und der Mathilde, einer Tochter Kaiser Ottos II. 4) Des Fünften,
Grafen von Flandern, wohl der spätere Graf Balduin VI. 5) Per manus. Diese symbo-
lische Handlung beim Eingehen des Vasallitätsverhältnisses bestand darin, daß der Lehns-
herr die zusammengefalteten Hände des Vasallen in die seinigen einschloß. 6) Antwerpen.
7) Der sog. „Strudel“ in der Donau unterhalb Grein. 8) Ihre Väter waren Ge-
schwisterkinder. 9) Persenbeug. An der Donau, schon in Niederösterreich.

wo die Witwe des Grafen Adalpero ¹), welcher in der vergangenen 1045. Fastenzeit gestorben war, ihm ein Gastmahl bereitet hatte, saß der Cäsar in einem der oberen Gemächer im Zwiegespräch mit Einigen, welche er dazu geladen hatte. Da brechen die Balken, das Gemach stürzt ein und verschüttet die darin Sitzenden alle zusammen. Der Cäsar selbst lag, da mehrere über ihn fielen, zu unterst; da ihn aber Gott beschützte, so entging er der Todesgefahr, nur ein später stürzender Balken riß die Haut von seinem Arme, den er demselben zur Abwehr entgegenstreckte. Der genannte Bischof Prun aber und der Abt Altmann von Ebersberg werden mit gebrochenen Schenkeln, zermalmtem Körper, zugleich mit der Hausfrau halbtodt aufgehoben, in die Schlafgemächer getragen, ins Bett gelegt und gingen, nach Verlauf weniger Zeit danach an diesen Verletzungen verschieden, zu Gott ein ²). Von da brach der König auf, Gott Dank sagend, daß er aus der Todesgefahr befreit wurde; in Besorgniß für die, welche er dem Tode nahe zurückließ. In Ungarn aber angelangt, wurde er nach königlicher Sitte in angemessener Weise empfangen und ehrenvoll gehalten. An dem heiligen Festtage übergab der Mai 26. König Peter das Reich Ungarn mit der vergoldeten Lanze dem Cäsar, seinem Herrn, vor allem Volk der Seinen und der Unseren. Nach Beendigung des mit königlicher Pracht ausgestatteten Gastmahles spendete er dem Könige noch eine sehr große Menge Goldes, welches dieser alles unter die Krieger vertheilte, die er in dem siegreichen Kampfe des vorigen Jahres bei sich gehabt hatte. Im selben Jahre wird der Bischof Berenger von Passau aus dieser Welt genommen; ihm wird Egilbert, der Kaplan der Königin, zum Nachfolger gesetzt.

Gunther der Einsiedel ist aus dem zeitlichen Leben geschieden, Octbr. 9.
Droben im Himmel empfängt er den Lohn für jegliche Mühsal,
Die er vordem auf der Erde ertrug in Ertödtung des Fleisches.

Um dieselbe Zeit kam der König nach Frankfurt ³) und erkrankte daselbst. Da die Krankheit von Tag zu Tage eher zunahm

1) Richlindis, die Witwe des Grafen Adalbero von Ebersberg, der am 27. März im Schlosse Persenberg gestorben war. 2) Brun starb am 26. Mai, Richlindis am 12. Juni, Altmann am 16. dieses Monats. 3) Franchonefurt.

als abnahm, so verschworen sich der Herzog Heinrich von Baiern und der Herzog Otto von Schwaben, einige Bischöfe und andere Edle in großer Zahl unter einander und wählten wen sie nach des Königs Tode zum Könige erheben wollten, nämlich Heinrich [1] den Sohn des Grafen Hezilin, den Vetter des vorgenannten Otto. Gott aber, der alles thut was er will, machte ihre Plane zu nichte und wollte den König, den er züchtigte, noch nicht dem Tode überliefern, sondern zeigte sein Heil und erlöste ihn nicht lange darauf von dieser Krankheit. Die Aebtissin Adelheid von Quedlinburg wurde zu dieser Zeit von den Fesseln des Fleisches erlöst.

1046. Der König feierte das Geburtsfest des Herrn zu Goslar.
Jan. 24. Nicht lange Zeit danach starb der Markgraf Ekkihard [2] eines plötzlichen Todes, und wird zu Naumburg im Beisein des Königs bei-
März 23. gesetzt. Am Palmsonntage aber wird die herrliche Kirche zu Hildesheim und der größte Theil der Stadt vom Feuer verzehrt. Der König beging die österliche Zeit in der Stadt Utrecht. In diesem Sommer aber wurden die Städte Mainz und Regensburg vom Feuer verheert. Zu Aachen brachte er das Fest der Ankunft des
Mai 18. heiligen Geistes mit einer großen Fürstenversammlung zu; hier gab er dem Herzoge Gotefrid die Gnade der Versöhnung und das eine Herzogthum, welches er zu Lebzeiten seines Vaters beherrscht hatte. Das andere aber wurde weder ihm noch seinem Bruder gelassen, sondern dem Gozzilo genommen [3] und Friedrich, dem Bruder des Herzogs von Baiern, gegeben. Nachdem dieß alles vollbracht war, brach der
Juni 24. König von da auf und ging zur Feier der Geburt des heiligen Johannes nach Merseburg. Dorthin kamen auch die Herzöge Bratizlav von Böhmen, Kazmir von Polen, Zemuzil von Pommern und ehrten den König mit angemessenen Geschenken. An demselben Tage ließ der König seine Tochter [4] mit dem heiligen Schleier bedecken und zugleich zur Aebtissin von Quedlinburg weihen. Von da
Juni 29. aufbrechend, beging er das Fest der Apostel Peter und Paul zu

---

1) Der dem Herzog Otto in der lothringischen Pfalzgrafenwürde gefolgt war. 2) Der Zweite von Meißen. 3) Dies ist ein Irrthum; Gozilo war schon vor Pfingsten 1046 gestorben und deßhalb fand die neue Verleihung des Herzogthums Niederlothringen an Friedrich statt. 4) Beatrix.

Meißen [1]), wo er zum zweiten Male eine Versammlung abhielt und 1046. die vorgenannten Herzoge unter einander aussöhnte. Hier wurde auch Teti, der Sohn des Grafen Dietrich, mit zwei Marken Ekki- hards vom Könige begnadigt, die dritte, die Meißnische nämlich, be- hielt der König noch zurück. Die Geburt der Gottesmutter aber Sept. 8 feierte der König zu Augsburg. Als hierher nun die Krieger zu- sammengekommen, tritt er den Marsch an, wendet sich in glücklichem Zuge nach Italien, und mustert, in der Stadt Verona angekommen, die Heeresversammlung. Nachdem er aber von da aufgebrochen, setzt er die Ordnung des Marsches derart fest, daß er vor dem Feste der Apostel Simon und Judas das Gebiet der Stadt Pavia betrat, Oct. 25. wo er geschieden von einander eine Synodalversammlung und eine öffentliche Gerichtssitzung abhielt, und es so einrichtete, daß er das genannte Fest daselbst, bekleidet mit den königlichen Abzeichen und Oct. 28. der Krone, beging. Als er aber von da weiter zog und an ver- schiedenen Orten gerechtes Gericht hielt, zogen ihm allmählich die Römer entgegen, von Tag zu Tag in immer stärkeren Haufen, bis er in die Stadt, so man Sutri nennt, kam, um daselbst eine zweite Synode abzuhalten. Die Ursache dieser Versammlung waren aber Dec. 20. die drei Päpste, welche alle drei zu dieser Zeit am Leben waren. Denn der erste derselben, [2]) der den päbstlichen Sitz wegen einer unerlaubten Verbindung, die er eingegangen, verlassen hatte, war vielmehr aus freien Stücken, als durch irgend eine feindliche Gewalt gezwungen, zurückgetreten. In Folge dessen verschworen sich die Römer unter sich und setzen einen Anderen [3]) an seine Stelle, ob- gleich er noch am Leben war. Der Erste aber verkaufte die Herr- schaft um eine Geldsumme an einen Dritten, [4]) da er von Zorn er- griffen dem an seine Stelle Gesetzten dieselbe nicht gönnte. Kurz, sie Alle wurden auf dieser Synode verurtheilt und abgesetzt, und der Bischof Suitiger von Bamberg, der eines solchen Stuhles würdig war, wird von allem Clerus und Volk der Versammlung Dec. 24. bestätigt.

---

1) Mißfina. 2) Benedict IX. 3) Silvester III. 4) Gregor VI.

Während dieß nun aber stattfand, entsteht von Neuem eine Verschwörung im Ungarischen Reiche gegen den König Peter. Denn seine Fürsten und die Vertrauten, welche Tag und Nacht mit ihm verkehrten, gingen so weit in ihrer Hinterlist, daß sie den argen Plan faßten, hinter seinem Rücken einen gewissen Andreas herbeizurufen, seinen Widersacher, welcher aus demselben Samen entsprossen, indem sie Diesem durch Boten versprachen, er würde durch gemeinen Willen der Fürsten in die Herrschaft eingesetzt und Jener abgesetzt werden. Da Dieser ihnen Glauben schenkend bereitwilligst Folge leistete, und eine unermeßliche Menge von Soldtruppen mit sich brachte, so zogen ihm die genannten Großen des Reiches, ihr Versprechen erfüllend, mit einer sehr großen Menge Krieger entgegen. Derart aber hatten sie ihrem Könige den Weg verlegt, daß er nirgendwohin einen Ausweg hatte, bis ihn die heidnischen Schandbuben, denen ihrem eigenen Willen freien Lauf zu lassen gestattet war, des Augenlichtes beraubten (ein bisher unerhörtes Vergehen am königlichen Namen), damit, wenn er unversehrt ins deutsche Reich entkomme, ihnen von dortaus nicht von Neuem Krieg und Niederlage erwüchse. Auch die Bischöfe jenes Landes wurden fast alle zu dieser Zeit niedergemacht, sowie auch neben den Weltgeistlichen einige Mönche; sie alle wurden, weil sie im Glauben verharrten, in bejammernswerther Grausamkeit niedergemetzelt. Auch einer der Fürsten, mit Namen Zaunic, schied auf alle erdenkliche Weise gemartert aus dieser Welt, da er seiner früheren Treue eingedenk, Petern jetzt die Treue bewahren wollte. Fremde aber wurden sehr viele getödtet, Einige aber entkamen zu Fuß, nackt und bloß. Von den drei Bischöfen nun, welche übrig waren, empfing Jener die königliche Weihe, obwohl er vorher aufs Grausamste in der Heerde der heiligen Kirche gewüthet hatte. Der Bischof Wilhelm von Straßburg starb, es folgt Hezilino; Ebbo von Constanz starb, es folgt Dietrich von derselben Congregation.[1]

1047. Das Geburtsfest des Herrn feierte der König in Rom, um sich durch Einsegnung zum Kaiser weihen zu lassen. Nachdem

---

[1] Nach Heriman war Dietrich vielmehr Probst zu Aachen und königlicher Kanzler.

am Festtage der Papst zuerst rechtmäßig ordinirt war, weihte er den 1047. Kaiser mit der Kaiserin, dann den Erzbischof von Ravenna, den Bischof von Piacenza mit dem Abte von Fulda. Als aber die Feierlichkeit vorüber war und der Kaiser seinen Marsch nach Apulien richtete, ging die Kaiserin, die schwanger und in Erwartung der nahen Geburt war, nach Mantua und gebar daselbst eine Tochter. Der Cäsar aber durchzog jenes ganze Land und gelangte in die Stadt Benevent. Von da wendet er sich wieder heim und betritt die vorgenannte Stadt Mantua, um daselbst die Auferstehung des Herrn zu begehen. Nachdem er nach Ostern von dort aufgebrochen Apr. 14. und am Geburtstage des heiligen Johannes des Täufers[1]) in Augsburg eingezogen war, stirbt Ebbo, der Bischof dieser Stadt, und wird im Beisein des Kaisers begraben. Als er an dessen Stelle den Heinrich gesetzt und seine Reise nach dem Westen des Reiches gerichtet hatte, fand er daselbst einen Feind gerüstet, nämlich den vorerwähnten Herzog Gotefrid. Dieser hatte sich von Neuem zur Empörung vorbereitet, da er schon ganz und gar daran verzweifelte, die Gnade des Kaisers in Zukunft noch erlangen zu können, aus dem Grunde, weil er gesehen hatte, daß sie ihm verweigert ward, während auf der Schwelle des heiligen Petrus den übrigen Schuldigern verziehen wurde. Deßhalb nahm er den Dietrich,[2]) den Baldwin[3]) und Alle, welche er zu Genossen seiner Schandthaten gewinnen konnte, mit sich und äscherte durch Anzündung der umliegenden Weiler das königliche Haus[4]) zu Nimwegen, das mit Gebäulichkeiten angefüllt war, ein; auch besetzte er die Befestigungen einiger Burgen, die er erobert hatte und welche bis dahin rechtmäßig dem Cäsar zugestanden hatten, nach Verführung, Tödtung oder Vertreibung der Krieger des Kaisers mit der Menge der Seinen, so daß es Keinem der Unseren gestattet war, sie zu betreten. Der Cäsar aber, welchen diese Niederlage im Herzen wurmte, rüstete seine Heerfahrt gegen Jenen auf vielen Schiffen mit großer Mühe,

---

1) Nicht am Tage des hl. Johannes (Juni 24), sondern der hl. Johanna (Mai 24) kam der Kaiser nach Augsburg. 2) Markgraf in Friesland. 3) Von Flandern. 4) Hierunter ist ein Complex von Häusern zu verstehen, welche einen gemeinsamen Hof und Eingang haben.

indem nämlich die Seinen bald zu Fuß bald zu Roß zu ftreiten
beftimmt waren. Doch richtete er leider dafelbft Nichts aus, was
dem Reiche zum Lob oder zur Ehre hätte gereichen können. Der
Oct. 14. Herzog der Baiern, Heinrich, ftarb auf der Reife, auf welcher er
feine Braut abholen wollte. Auch Otto, der Herzog der Alamannen,
Sept. 7. ftarb, es folgte Otto von Schweinfurt.[1]) Der Pabft Suidiger
Oct. 9. ftarb, wird nach Bamberg geführt und dort begraben. Der Erz-
Juni 17. bifchof Poppo von Trier ftarb, es folgt Eberhard.

1048. Das Geburtsfeft Chrifti feierte der Kaifer zu Pöhlbe.[2])
Dahin kamen Boten der Römer; fie erbitten fich den Bifchof von
Brixen[3]) zum Papft, der fofort, wie fie gebeten, unter Ueberein-
ftimmung der ganzen Fürftenverfammlung erwählt wird. Mit diefen
Gefandten werden einige Bifchöfe nach Rom gefchickt, welche den
Aug. 9. Papft hingeleiteten. Der ftarb nicht lange darauf; an feiner Statt
wurde Brun erwählt.[4]) Dem Kanzler Hartwig gibt er dafelbft[5])
das Bisthum Bamberg, und von da aufbrechend dem Ebbo die
Abtei Fulda. So beftimmte er die Ordnung feiner Reife, daß er
April 3. Oftern zu Regensburg beging. Der Patriarch Ebbo[6]) ftarb. Ziemlich wenig Wein. Eine graufame Plage wüthete gegen die Menfchen;
die Mäufe nämlich zehrten die Früchte der Erde auf. Erdbeben am
Oct. 12. 12. October. Im Herbfte wurde der fächfifche Graf Diotmar,[7])
der als Hochverräther geächtet war, von Arnold, feinem früheren
Manne, im Zweikampfe befiegt und erlag den erhaltenen Wunden.

1049. Das Geburtsfeft Chrifti beging der Kaifer zu Freifing
und übergiebt dem Kanzler Gotepold den Patriarchat Aquileja.
Von da geht er nach Regensburg und überträgt am Tage der
Febr. 2. Reinigung der Gottesmutter das Herzogthum der Baiern dem
Chuono.[8]) Auch wurde der arge Dietrich, der Genoffe der Ver-
fchwörung Gotefrids und Baldwins gegen den Kaifer ihren Herrn,
durch Gottes verdiente Rache erfchlagen. Der Abt Ratmund von

---

1) Swinfurtensis. 2) Phelibe. 3) Poppo, als Papft Damafus II. 4) Bifchof von
Toul, als Papft Leo IX., gewählt im December. Die beiden letzten Sätze fcheinen vom
Verfaffer fpäter beigefügt. 5) D. i. der Kaifer zu Pöhlbe. 6) Von Aquileja. 7) Der
Bruder des Herzogs Bernhard II. von Sachfen. 8) Cuno war der Sohn Liudolfs und
Enkel des lethringifchen Pfalzgrafen Ezzo.

Altaich starb, es folgt Diotmar, Dechant[1]) desselben Klosters. Der Jan. 19.
Cäsar kam nach Merseburg und beging daselbst Ostern. Er sandte März 26.
eine Heerfahrt gegen die Feinde im Westen, Gotefrid und Baldwin.
Mit ihm reiste auch der Papst zu der Pfalz Aachen. Er erlangt
für die vorgenannten Herzoge Leben und Unversehrtheit des Leibes
unter der Bedingung jedoch, daß sie sich der kaiserlichen Gewalt
unterwerfen. Durch diese Hoffnung verleitet, kam der Herzog
Gotefried dorthin und leistete dem Kaiser durch Händeschluß die
Mannschaft. Er wird dem Bischof von Trier zur Bewachung übergeben und erlangt bei dem Kaiser keine Barmherzigkeit, da er vorher gegen dessen Erwählte grausamer als gegen die Anderen gewüthet hatte. Als nun Baldwin sah, daß der Kaiser gestützt auf
den Beistand Gottes gegen ihn heranrücke und demselben weder noch
den Seinigen durch seine hinterlistigen Angriffe etwas anzuhaben
sei, unterwarf er sich nach dem Beispiel des genannten Herzogs ebenfalls des Kaisers Gewalt. Nachdem dies glücklich vollbracht war,
kehrte dieser zurück und trifft zu Mainz im Herbst mit dem Papste
zum Zweck der Kirchenversammlung zusammen.

1050. Das Geburtsfest des Herrn feierte der Kaiser zu Pöhlde.
Hier gab er das Bisthum Como dem . . . . Damals wird der
Markgraf Gotefrid[2]) von bösen Menschen überfallen und unschuldig
elendiglich erschlagen. Den Tag der Auferstehung begeht er zu Ut- April 15.
recht. Darauf beruft er im Schmerz darüber, daß ihm von den
Bösewichtern Ungarn entzogen sei, welches vordem durch das offen-
bare Gericht Gottes unter seine Herrschaft gekommen, zu Nürnberg[3])
seiner Stadt die Fürsten von ganz Baiern zusammen, um mit ihnen
zu rathschlagen, was er darum thun solle. Es wurde beschlossen,
die Burg Hainburg[4]) zu erbauen und die Bauleute während dem
von Bewaffneten beschützen zu lassen. Da sie aber nach Gottes
Eingebung diesen Rath gegeben hatten, bestanden sie nachher mit
dessen Hülfe in der Sache selbst die Probe tüchtig. Denn da dieses
Werk den Bewohnern Baierns allein aufgetragen war, so kamen sie
nur mit einer sehr kleinen Zahl Bewaffneter alldort zusammen. Als

1) decurio. 2) Von Kärnthen, f. oben zum Jahre 1042. 3) Nuorenberg. 4) Heimemburg.

dies die Feinde hörten, argwöhnten sie, daß ihnen daraus Schaden entstände, und fielen in der Nacht der Thebäer über das Lager der Unseren her. Und während in ein Zelt mehr als zweihundert Pfeile einfielen, wurde doch keinem Einzigen eine Wunde beigebracht. Als sie diesen Angriff in derselben Woche drei- und viermal ausgehalten, gingen sie endlich in geschlossener Schaar zum Angriffe über. Siehe da war Gottes Milde, welche die, so auf ihn hoffen, niemals im Stiche läßt. Denn wie sie angriffen, besiegten sie, die Wenigen, das unermeßliche Heer, schlugen es in die Flucht und machten Die- jenigen, welche sie einholen konnten, nieder. Deshalb kehrten sie, Gott, ihren Schirm lobend, unter Jauchzen heim, nachdem sie eine kleine Besatzung in der Burg gelassen. Damit aber die Schlechtigkeit Nichts unversucht ließe, versuchten diese die Ungarn zu zerstören, indem sie wiederum ein solches Heer zusammenzogen, das von keines Menschen Auge übersehen werden konnte. Ich erzähle Gewaltiges, doch erwiesen sich die Thatsachen als noch bedeutender. Denn ob- gleich das kleine Häuflein den Sonntag, Montag und Dienstag den Anprall eines solchen Heeres ausgehalten hatte, konnten sie Gott dafür loben, daß außer Einem Keiner von ihnen gefallen sei. Sie selbst aber machten eine solche Menge Feinde nieder, daß deren Genossen, als sie zurückkehrten, um dieselben fortzuschaffen, sechs Schiffe damit anfüllten. Auch fehlte da ein göttliches Zeichen nicht; während sie kämpften, flog eine Turteltaube von wunderbarer Schön- heit um die Mauern. Das Feuer aber, welches die Feinde an irgend einer Seite, im Osten und Westen, im Süden und Norden, zum Brandlegen herbeischafften, trieb der widrige Wind weg. Nachdem hieraus die Feinde ihr frevelhaftes Unterfangen erkannt, zogen sie in Verwirrung ab. Da wurde Kazemer, der Herzog der Polen, angeklagt, daß er sich mit Gewalt eine Landschaft[1]) angeeignet habe, welche der Kaiser dem Herzoge der Böhmen gegeben hatte. In dem königlichen Weiler[2]) Goslar kam er zum Kaiser und reinigte sich von dem, was ihm vorgeworfen war, durch einen Eid; das, worin er schuldig war, änderte er nach dem Ermessen des Kaisers, erhielt

---

1) Schlesien.   2) villa.

Gnade und kehrte nach Hause zurück. Im Herbste gebar die Kaiserin, Gott sei Dank, einen Sohn.

1051. Das Geburtsfest Christi begeht der Kaiser zu Pöhlde,[1]) Ostern feiert er zu Cöln, und läßt dort seinen Sohn taufen. Wider März 31 die Ungarn wurde eine beschwerliche und recht mühselige Heerfahrt unternommen. Die ganze Sommerzeit nämlich war reich an Regen und ließ gewaltige Wassermassen vorbrechen. In Folge dessen ertranken sowol von Menschen als auch von Pferden Manche. Der Kaiser aber richtete seine Reise so ein, daß er zu Schiff die Donau hinabfuhr und die Himmelfahrt der Gottesmutter in der Stadt der Aug. 15. Bathaven[2]) beging. Dort ließ er dem Herzog Gotefrid das Lehen, welches er vom Cölner Bischof hatte, zurückgeben und bat ihn, die Provinz gegen den jüngeren Baldwin, der sich neuerlich empört hatte, zu beschützen. Als er selbst aber mit einer starken Streitmacht von Baiern, Longobarden, Sachsen, Schwaben, Franken und Slaven bis nach Ungarn gelangt, und der Eintritt in dieses Land nicht möglich war,[3]) so machte er, nachdem er Rath gehalten, einen weiten Umweg und betrat das Land ohne Schiffe und Wagen, lediglich mit den Reisigen. Ohne Verzug verheerte er alle Orte, welche er berührte, mit Feuer und Schwert, mit Ausnahme der Kirchen. Da aber der Feind offen bei Tage nicht entgegenzutreten wagte, und das Heer wegen der Länge der Zeit Hunger litt, zog er sich nach Hause zurück, mit der Absicht, im folgenden Jahre wiederzukommen. Der Erzbischof Pardo von Mainz starb,[4]) der Probst Liutpold von Bamberg folgt ihm. Der Erzbischof Hunfried von Magdeburg starb,[5]) Engilhart folgt ihm. Der Bischof Hunfried von Ravenna starb, Heinrich folgt ihm. Der Bischof Dietrich von Constanz starb,[6]) es folgt Rumold.

1052. Das Geburtsfest des Herrn feierte der Kaiser zu Goslar, Ostern zu Speier. Wieder eine Heerfahrt gegen die Ungarn, April 19, es wurde aber dem Reiche weder Ehre noch Frommen geschafft. Als

---

1) In Sachsen zu Goslar, nach Herimann von Reichenau. 2) Passau. 3) Wegen des Uebertretens der Flüsse, nach Herimann. 4) Am 11. Juni. 5) Am 28. Februar. 6) Am 22. Juni.

sie nämlich die Stadt Preßburg,[1]) die an der Grenze der beiden
Reiche liegt, in langer Belagerung bedrängten, wurden sie auf Beschwörung des Papstes veranlaßt, abzuziehen. Dies geschah auf die
schlaue Berechnung des Königs der Ungarn, welcher versprochen,
Alles zu thun, was der Papst ihm befehlen würde, wenn der Kaiser
auf sein Vorhalten von der Belagerung der Seinen abstände. Als
aber das Heer über die Donau zurückgegangen war, leugnete er
Alles, was er gelobt hatte, ab. Da aber dem Heere auch der Un-
terhalt fehlte, kehrte Jeder mit seinem Heere nach Hause zurück, mit
der Absicht, im folgenden Jahre wiederzukommen. Der Papst aber
kam mit dem Kaiser nach Regensburg und feierte, wie es sich gehörte, die Erhebung der heiligen Reliquien, Wolfgangs[2]) nämlich und
Erhards,[3]) der Bischöfe der genannten Stadt. Um diese Zeit gebar die Kaiserin den zweiten Sohn, mit Namen Chunrad. Nicht
unbedeutender Mangel an Feldfrüchten, wenig und sehr saurer Wein.
Der Bischof Nizo von Freising starb, es folgt Ellinhard. Der
Markgraf Bonifacius von Italien wird von einem seiner Mannen
meuchlings getödtet.

1053.   Das Geburtsfest des Herrn beging der Kaiser zu
Worms.[4]) Der bairische Herzog Chuoro und der Regensburger
Bischof Gebehard entbrannten in dieser Zeit in heißer Fehde gegen
April 11. einander. Als aber der Kaiser zu Merseburg Ostern beging, berief
er Beide dahin zu einer allgemeinen Reichsversammlung und zugleich
mehrere Fürsten aus dem ganzen Reiche, durch deren Urtheilsspruch
der genannte Herzog des Herzogthums entsetzt wurde. Es wurden
enthüllt die ungerechten Urtheile, welche er vorlängst im Volke ge-
fällt, und daß er eine Burg des Bischofs, genannt Parkstein,[5]) ver-
brannt hatte. Das hält man nämlich für ein sehr schweres Vergehen, wenn Einer im Reiche etwas derartiges zu begehen wagt.
Als er aber von dort nach Hause zurückgekommen war, strebte er
danach, Bürgerkrieg zu erregen. Deßhalb gewann er in Kurzem
mehrere Genossen seiner Bosheit und zwang sie durch einen Eid,

---

1) Preslawaspurch. 2) Gestorben im Jahre 994. 3) Fabelhaft. 4) Bei den Wangionen
im Text. 6) Paracstein. Sie liegt in der Oberpfalz.

ihm sicher und treu zu sein. Als er dies nach Wunsch vollbracht, 1053.
floh er mit einer starken Schaar durch das Land der Karinthanen
zu den Ungarn und ließ einige Genossen der Verschwörung zu
Hause zurück, von denen er, wenn er später Krieg anfangen wollte,
Unterstützung hoffte. Allein diese wurden ergriffen und so leicht
von solcher Thorheit abgeschreckt. Er aber nahm Ungarn mit sich,
fiel in das Land der Charionen[1]) ein, besetzte nach Verwüstung
einer Menge Ortschaften eine Burg mit Namen Hengstburg[2]) und
zog sich, mit Hinterlassung einer Besatzung in derselben, nach Ungarn zurück. Zu dieser Zeit kämpfte der Papst gegen die Normannen, verlor aber ach in diesem Treffen fast Alle die, welche aus
dem deutschen Reiche ihm zu Hülfe gekommen waren. Auch wurde
er selbst in der Stadt Benevent wider seinen Willen, wie man sagt,
eine Zeitlang festgehalten. Sehr bedeutender Mangel an Wein und
Feldfrüchten herrscht fast in ganz Baiern. In Folge dessen ver-
ödeten, da der Bauer floh, sehr viele Dörfer. Der Bischof Sibicho
von Speier starb,[3]) Arnold wird an seine Stelle gesetzt. Der
Bischof Hartwig von Bamberg starb. Nov. 6.

1054. Im Königshof Oettingen[4]) begeht der Kaiser das Geburtsfest Christi, und übergiebt hier seinem älteren Sohne das
baierische Herzogthum; seinem Vetter Adalbero gab er das Bisthum
Bamberg. Von hier begab er sich zur allgemeinen Reichsversammlung
nach Regensburg. In diesen Tagen zerstören die, welche in der
Burg Hengstburg von Chuono als Besatzung zurückgelassen waren,
durch den häufigen Angriff der Landeseinwohner erschöpft, selbst aus
freien Stücken die Burg und entweichen heimlich von da nach Ungarn. Ostern feierte der Kaiser zu Merseburg.[5]) Leo starb,[6]) ein April 3.
heiliger Mann; Kranke wurden an seinem Grabe geheilt. Pfingsten Mai 22.
beging der Kaiser zu Quedlinburg.[8]) Hierher beruft er die Herzoge
von Böhmen und Polen zu sich und entläßt sie nach sehr langem
Hader unter einander versöhnt nach Hause. Er selbst aber richtete

1) Krainer. 2) Hengistiburg. Diese Burg, in der Steiermark, nicht weit von St. Florian
gelegen, war einst sehr fest. 3) Sibicho oder Sigibodo I. starb erst 1054. 4) Otingun.
5) Vielmehr zu Mainz, nach Heriman von Reichenau. 6) Der neunte Pabst dieses
Namens, am 16. April 7) Quitilingunburch.

Aug. seine Heerfahrt gegen Baldwin. Unversehens also betritt er das Land und findet bedeutenden Ueberfluß an Feldfrüchten und Vieh vor. Da aber die Feinde sich nicht in offener Schlacht zu stellen wagten, beschloß er, nach Verwüstung sehr vieler Ortschaften mit Feuer und Schwert, nach Hause zurückzukehren. Als aber die Feinde in Erfahrung gebracht, daß die Truppen nicht recht aufpaßten, machten sie auf einen Theil des Heeres einen plötzlichen Angriff, richteten eine nicht geringe Niederlage an und suchten dann nach Gewohnheit ihr Heil in der Flucht. Der Kaiser verfolgte sie, holte die Flüchtigen ein und strafte sie durch eine solche Niederlage, daß der Herzog selbst mit sehr Wenigen mit knapper Noth entrann. Die Ungarn fallen wieder in das Land der Charionen ein, machen Beute und kehren mit Jubel in ihr Land zurück. Unter Führung Chuonos und der Seinen, fielen sie zum Oefteren in die Ostgrenze Baierns ein, verwüsteten sehr viele Ortschaften und führten eine unzählbare Menge Menschen gefangen mit sich fort. Als endlich die Landeseinwohner zu den Waffen eilten, wurden auf beiden Seiten Einige getödtet, mehr aber verwundet. Dennoch behielten die Ungarn die Beute, welche sie vorausgesandt hatten, fielen aber danach nicht weiter in dieses Land ein. Zu dieser Zeit wurde Gotefrid von Neuem feindselig. Er war nämlich nach Italien gegangen und nimmt die Witwe des Markgrafen Bonifacius, Beatrix, zur Frau, welche er aber nach Kurzem verließ, vertrieben von da durch eine allgemeine Verschwörung des Volkes, worauf er sich wiederum dem Baldwin als Waffengefährte zugesellte. In März 8. diesem Jahre starb der Bischof Azilin von Hildesheim, es folgt ihm Hezil nach. Der Bischof Ulrich von Brescia¹) starb.

1055. Das Geburtsfest des Herrn beging der Kaiser in dem Jan. 10. königlichen Weiler Goslar. In diesen Tagen starb Bratizla der Herzog von Böhmen. Danach kam der Kaiser nach Regensburg²) und hielt hier eine allgemeine Reichsversammlung. Hier also setzte er den Bischof Gebehard von Eichstädt dem apostolischen Stuhle vor, und sandte ihn auch bald vor sich selbst voraus nach Italien.

1) Brexiona. 2) Im März.

Auch setzte er den Zpitigneus, den älteren Sohn des böhmischen 1055. Herzogs, an die Stelle seines Vaters und ging so, nach Erledigung von anderen Dingen, nach Italien hinüber. Die Auferstehung des April 16. Herrn feierte er zu Mantua. Den Ekkihard setzte er in den Stuhl der Stadt Brescia ein. Er hielt, nachdem der Papst ihm entgegengeeilt, eine allgemeine Synode[1]), auf welcher er einige Bischöfe ihres Bisthums entsetzen ließ. Die Empörung einiger Mannen des Bonifacius, dessen Sohn ebenfalls gestorben war, unterdrückte er mit leichter Mühe und befahl, die Beatrix selbst in Gewahrsam zu halten. Zu dieser Zeit gab der Abt Richerius von Cassino, der auch die Abtei Leno regierte, eine Abtei, nämlich die zu Leno, aus freien Stücken auf, welche der Kaiser alsbald auf Bitten dieses Richerius zu Florenz dem Wenzlaus einem Altaicher Mönche gab, einem sehr maßvollen und weisen Manne. In dieser Zeit starb der Abt Diet- Sept. 3. mar von Altaich, ein Mann in jeglicher Art Tugend erprobt. Anstatt seiner wird unter allgemeiner Zustimmung der Brüder erwählt Adalhard, Mönch derselben Congregation, den Besten mit Recht an die Seite zu stellen. Und da vorlängst der Bischof Waltheri von Verona gestorben war, so setzte der Kaiser bei seinem Aufenthalte daselbst[2]) den Diotpold an seine Stelle. Daß aber einen Gott gefälligen Fürsten die göttliche Vorsehung stets schützt und schirmt, mag, wer will, hieraus ersehen. Während er nämlich in Italien weilt, schmieden einige Fürsten des Reichs, und zwar solche, die ihm näher zu stehen schienen, nämlich sein Vatersbruder[3]), Gebehard Bischof von Regensburg, Welf, der Herzog der Charintaner, und einige Andere heimlich Plane mit denen, welche schon längst Feinde des gemeinen Wesens gewesen waren. Sie versuchen also den gottbegnadeten Herrscher des Lebens zugleich und des Reiches zu berauben und den Chuono, der zu den Ungarn geflohen war, an seine Stelle zu setzen; und da, wie ich gesagt habe, die besten Freunde des Kaisers bei dieser Verschwörung waren, so hätte diese elende That auch vollführt werden können, wenn sie Gott nicht wie Spinngewebe zu nichte gemacht hätte, sintemalen es keinen Plan und keine Macht

1) zu Florenz. 2) im November. 3) Vgl. zum Jahre 1036.

giebt wider Gott. Zuerst nämlich beendete Chuono, den sie zum
Führer erwählt hatten, unter den Qualen einer jammervollen Pest
seinen Trug und seine Bosheit mit dem Tode. Bald auch gestand
Welf, von einer Krankheit heftig befallen und in den letzten Zügen
von Reue ergriffen, öffentlich, daß er gesündigt habe, und bat de-
müthig bei dem Kaiser um Verzeihung. Auch ließ er diesem seinen
Hof, Utting[1]) genannt, vermachen, entdeckte die Genossen der Ver-
schwörung und starb bald darauf. Und da der Kaiser schon aus
Nov. 13. Italien zurückgekehrt war, wurde der Bischof zur Audienz geladen.
Da er nun zuerst leugnete, zuletzt aber durch offenkundige Anzeichen
überführt wurde, wird er in Gewahrsam geschickt. Der Erzbischof
Hermann von Köln starb[2]), es folgte ihm Anno[3]). Arnold von
Oct. 25. Speier starb, ihm folgte Chuonrabt[4]) nach, Azilin von Merseburg,
Febr. 25. an dessen Stelle Wofpho gesetzt wird. Auch stirbt Udalrich, der
Bischof der Stadt Trient, welchem Hatto im Bisthum nachfolgt.

      1056. Das Geburtsfest des Herrn beging der Kaiser zu
April 7. Zürich[5]), das Osterlamm schlachtete er zu Paderborn[6]), die heiligen
Mai 26. Pfingsten verbrachte er zu . . ., und zog bald darauf dem Könige
Juni. der Charalinger[7]) zu einer Besprechung an der Grenze der beiden
Reiche[8]) entgegen. Da fing der König an einen Vertrag in Abrede
zu stellen, welcher zwischen ihm und dem Kaiser früher geschlossen
war. Als aber der Kaiser bereit war, lieber in Feldschlacht zu
streiten, als von der einmal erkannten Wahrheit zu lassen, schlug er
Jenem zuletzt noch das Urtheil des Zweikampfes zwischen sich
und ihm vor. Sobald der König hieraus ersah, daß er überführt sei, entwich er mit allen seinen Leuten heimlich des
Nachts. Der Kaiser aber kehrte nach Worms zurück[9]), wohin ihm
auch der Papst, der Italien kürzlich verlassen hatte, entgegenkam.[10])
Hier ordnet er viele Reichsangelegenheiten, schenkt dem Bischof Ge-
bchard, der schon vorher seiner Haft entlassen war, seine Gnade

---

1) Am Ammersee. 2) Am 11. Februar 1056. 3) Der Zweite. 4) Der Erste.
5) apud Duras aquas. 6) Bobirbrunnun. 7) Heinrich I. von Frankreich. 8) Zu Ivois
(Ipsch) in der Champagne in der Nähe von Mouzen. 9) Anfang Juli. 10) Dieß ist
ein Irrthum, indem der Papst erst im September zu Goslar mit dem Kaiser zusammentraf.

wieder, nahm seinen Neffen Chuono[1]), welcher wegen der Empörung seine Reue bezeigte, auf, und erlaubte so Jedem nach Hause zurückzukehren. Zu derselben Zeit stritten die sächsischen Fürsten gegen Sept. 11. die Liubilizen, flohen aber ach schmählich besiegt von dannen, nachdem sie daselbst großen Verlust an Leuten erlitten hatten, und auch der Markgraf Willihelm[2]) getödtet worden war. Dieses Jahr war unheilvoll und brachte Vielen untröstliche Trauer. Während nämlich das römische Reich Ruhe und Frieden genoß, schlug Gott, durch unsere Sünden erzürnt, den von ihm begnadeten Kaiser mit schwerer Krankheit. Als sein Lebensende herannahete, legte er in Gegenwart des Papstes und vieler Anderer jeden Standes öffentlich das Bekenntniß seiner Sünden ab, empfahl seinen Sohn Heinrich, den er als Erben des Reiches hinterließ, Allen an und streifte so, gestärkt durch die heilige Wegzehr des Leibes und Blutes des Herrn, den Menschen ab und trat, angethan mit dem Kleide der Unsterblichkeit, wie wir sicher glauben, ein in den Hof des himmlischen Königs. Sein Leib wurde mit angemessenen Ehren nach Speier übergeführt und am Feste Simons und Judä, wie er selbst Oct. 28. es lebend befohlen, bestattet. Der König Heinrich aber wird von dem Herrn Papst nach Aachen geführt und auf den Königsstuhl gesetzt. Darauf kam er nach Köln, wo er die Unterwerfung des Grafen Baldwin, der lange Zeit gegen seinen Vater aufrührerisch gewesen war, annahm und denselben schwören ließ, ihm fortan feste Treue zu halten.

1057. Das Geburtsfest des Herrn beging der König Heinrich, noch ein sehr kleiner Knabe, zu Regensburg und hielt eine allgemeine Versammlung mit den Fürsten des Reiches. Einem gewissen Chuono[3]), seinem Verwandten, gab er das Herzogthum[4]), welches Welf gehabt hatte. Da aber seine Mutter, die Kaiserin, gestand, daß sie schwanger sei, so erlaubte er, daß sie das bairische Herzogthum behalte, damit, wenn ein Sohn von ihr geboren würde, dieser

---

1) Dies scheint der spätere Herzog von Kärnthen zu sein; siehe Anmerkung 3.
2) von der Nordmark (jetzige Altmark). 3) Dem Bruder Heinrichs I. des lothringischen Pfalzgrafen. 4) Kärnthen.

jenes Fürstenthum erhalte. Nachdem dies dergestalt geordnet war, ging er kurz darauf nach Sachsen. Auch der Herr Papst kehrte
Febr. 14. bald nach Italien zurück. In der darauf folgenden Fastenzeit schied der Bischof Adalbero von Bamberg aus diesem Leben ab. Diesen
März 30. Sitz gab der König zum Osterfest in Worms dem ehrwürdigen Gunther, Domherrn dieser Congregation, zu der damaligen Zeit aber italischem Kanzler, welcher alsbald, nachdem er diese Würde erhalten hatte, sogleich auch am heiligen Ostertage die Weihe mit großem Gepränge zu empfangen gewürdigt ward. In diesem Sommer
Juli 28. starb der Papst Victor, und an seiner Statt wird der Bruder des Herzogs Gotefried, Friedrich, unter dem Beinamen Stephan[1]), von
Aug. 2. den Römern eingesetzt, ohne Vorwissen des Königs, der aber nachher die Wahl desselben guthieß. Das Bisthum Eichstädt aber, welches der Herr Papst gehabt hatte, gab der König seinem Kaplan Gunzo.

1058. Das Geburtsfest des Herrn feierte der König zu Gos-
April 19. lar[2]), das Osterlamm aber zu Merseburg.[3]) In diesen Tagen wurde
April 10. zu Paderborn die Domkirche mit zwei anderen Klöstern vom Feuer
Juni 7. verzehrt. Die heiligen Pfingsten aber verbrachte der König zu Augsburg, wo er auch eine allgemeine Versammlung von Fürsten des ganzen Reiches abhielt. — Da nun der Papst Stephan seligen
März 29. Angedenkens gestorben war, so wurde ein Anderer[4]) an seine Stelle gesetzt und heimlich geweiht. Da dieß den Fürsten[5]) nicht gefiel, setzten sie Jenen ab, und schickten einen Gesandten nach Augsburg zum Könige mit der Bitte, dem apostolischen Stuhle den Bischof von Florenz[6]) vorzusetzen. Nachdem diese ihre Bitte bewilligt und andere Reichsgeschäfte geordnet waren, kehrte Jeder nach Hause zurück. In diesen Tagen kamen zum öfteren Gesandte der Ungarn und verlangten, daß Friede würde, und forderten, damit dieser für die Zukunft ehrlicher und fester sei, die Schwester[7]) des Königs dem

---

1) Der Neunte. 2) Nach Lambert von Hersfeld zu Merseburg. Doch scheint hier unser Annalist mehr Glauben zu verdienen, da der König am 27. Dec. zu Pöhlde sich aufhielt. 3) Zu Magdeburg nach dem sächsischen Annalisten. 4) Benedict X. 5) Der Römer nämlich. 6) Gebhard, der sich als Papst Nicolaus II. nannte. 7) Judith.

Sohne ihres Herrn, mit Namen Salomon, zur Ehe zu geben. Als
dieß endlich gutgeheißen wurde, kam der König mit seiner Mutter
an die Grenzen Ungarns, ließ die Fürsten beider Reiche durch Eid-Sept. 20.
schwur Friede schließen, übergab seine Schwester und zog sich gleich
darauf nach Franken zurück. In der Herbstzeit nun betrat der
Herzog der Charintaner Chuono Longobardien mit starker Heeresmacht, ging aber, da die Landesbewohner ihm Widerstand leisteten,
schmählich wieder zurück. Der Abt Ebbo von Fulda starb, anNov. 17.
seiner Statt wird Sigifrid gewählt, Mönch derselben Congregation.

1059. Das Geburtsfest des Herrn feierte der König zu Straßburg. In diesem Jahre war eine recht übermäßige Fülle von Feldfrüchten und Wein in Baiern, aber eine arge Pestilenz der Menschen
und Hausthiere herrschte in der ganzen Landschaft. Der Abt Megin-
here von Hersfeld starb. Auch der Bischof von Halberstadt, mitSept. 26.
Oct. 18.
Namen Purchard[1]), und der Erzbischof Liutpold von Mainz betratenDec. 7.
den Weg alles Fleisches.

1060. Die Fleischwerdung des Herrn verbrachte der König zu
Freising, und gab das Bisthum Halberstadt dem Purchard.[2]) Das
Fest der Erscheinung beging er zu Oettingen, und gab dem Abte Jan. 6.
Sigifrid von Fulda das Erzbisthum Mainz. Nach Franken zurückgekehrt, ernannte er den Wittrad, Mönch derselben Congregation,
zum Abte von Fulda. Es herrschte ein so harter Winter im deutschen
Reiche, daß durch die Gewalt und lange Dauer des Schnees und der
Kälte viele Menschen das Leben verloren. Dann folgte eine solche Ueberschwemmung der Gewässer, wie sie selten oder nie in diesem Reiche
vorgekommen sein soll. Der König aber verbrachte zu Halberstadt
das heilige Osterfest, und sobald er von da weggegangen war,März 26.
wurde diese Kirche mit anderen Gebäuden vom Feuer verzehrt. In
diesem Sommer starb der Bischof Chuonrad von Speier, welchem
Einhart nachfolgte. Der Erzbischof Baldwin von Salzburg,
frommen Angedenkens starb; an seiner Statt wird der Kanzler April 8.
Gebehard erwählt.

---

1) Der Erste. 2) Dem Zweiten, gewöhnlich Bucco genannt.

1060.

In diesem Jahre nun starb der Papst Nicolaus[1],) für welchen
der Bischof von Lucca[2]) von einigen Römern in den apostolischen
Stuhl eingesetzt wird. Er wurde sogleich geweiht und nahm den
Namen Alexander[3]) an, obgleich er nach dem einträchtigen Willen der
Römer nicht erwählt war, wie aus der folgenden Erzählung erhellen
wird. Als aber der Bischof Kadalo von Parma des Einen Tod
hörte, that er als ob er von des Anderen Wahl nichts wisse, nahm
wie man sagt, eine Masse Geld mit sich, begab sich an den Hof,
traf den König zu Augsburg, und wurde nicht müde, hier bei der
Mutter des Königs, und dem Bischof von Augsburg[4]), der bei Hofe
noch der Erste war, seine Sache zu betreiben, bis er es durchsetzte,
daß der König ihn in dem apostolischen Stuhl bestätigte und, wie
es Sitte ist, mit der päpstlichen Inful bekleidete.[5]) Alsbald ging
er nach Italien zurück und hielt sich, da er Jenen schon geweiht
und dem apostolischen Stuhle öffentlich vorsitzen fand, in diesem
Jahre zwar ruhig in seinem Bisthume, erregte aber hernach
der römischen Kirche eine große Spaltung und einen gefährlichen Kampf, wie an seinem Ort erzählt werden wird. Da aber,
wie wir schon gesagt, Alexander nicht durch einmüthige Abstimmung
der Römer erwählt worden war, so entwandten einige von ihnen
heimlich das goldene Kreuz, welches vor dem Papste hergetragen zu
werden pflegte, und andere päpstliche Schmuckgegenstände und brachten
sie zu Jenem.[6]) Der zog sie alsbald an, erschien damit öffentlich,
forderte, daß Alle ihm apostolische Ehren erwiesen, und verlockte
auch einige Vornehme durch Geldspenden hierzu. Das war der
Anfang schmerzlicher Ereignisse. Denn der König war ein Kind,
die Mutter aber ließ sich, als ein Weib, von den Rathschlägen
Dieser und Jener leicht bestimmen, die übrigen aber, so die Ersten
bei Hofe waren, waren alle der Habsucht ergeben; und es fand
Niemand dort ohne Geld Gerechtigkeit in seinen Angelegenheiten;
und so war kein Unterschied zwischen Recht und Unrecht.

1) Der Papst Nicolaus II. starb erst im Monat Juli des Jahres 1061, weshalb die
ganze folgende Erzählung über die Kirchenspaltung auf dieses Jahr zu beziehen ist.
2) Anselm. 3) Der Zweite. 4) Heinrich II. 5) Letzteres geschah nicht zu Augsburg, sondern zu Basel. 6) D. i. Kadaloh.

In diesem Jahre wurde auch der Friede gebrochen, der vorlängst 1060. mit den Ungarn geschlossen war. Es ward oben[1]) erzählt, wie die Schwester des Königs dem Sohne des Königs der Ungarn zur Ehe gegeben wurde; bei diesem Vertrage war der Bruder des Königs, mit Namen Bel, mit seinem Sohne nicht zugegen, und darum waren sie den Unseren immer verdächtig. Deßhalb nun werden von Seiten des Königs nach Ungarn geschickt der Bischof Eppo von der Stadt Zeiz[2]), ein sächsischer Markgraf[3]), ein bairischer Markgraf und viele Andere. Wenige Tage nun nach ihrer Ankunft in Ungarn nahm der König Andreas, welcher schon klar erkannte, daß eine Verschwörung seines Bruders gegen ihn bestünde, die Königin, seinen Sohn und seine Schwiegertochter zu sich, sammelte eine nicht unbedeutende Schaar von Fürsten seines Volkes und wollte zugleich mit den Unseren hinaus nach Baiern gehen, in dem Glauben, daß er im fremden Lande gesicherter sei. Sein Bruder verfolgt ihn mit einem großen Heere, greift ihn in dem Engpasse des Weges, welcher „Pforte des Reiches" genannt wird[4]), plötzlich von hinten an, und da die Unseren eilig die Waffen ergreifen, erhebt sich alsogleich eine gewaltige Schlacht, und von beiden Seiten wird mit äußerster Anstrengung gestritten. Die Ungarn aber, welche mit dem Könige waren, suchten nur ihr Heil in der Flucht, die Unseren aber, welche gegen eine solche Menge sehr in der Minderzahl waren, wurden, durch die Enge und Ungunst des Ortes behindert, zugleich auch durch die zahllose Masse erdrückt, nach Verlust vieler Leute, zuletzt ebenfalls gezwungen zu weichen; da wird der König lebend gefangen, in demselben Augenblicke aber giebt er, von Rossen und Wagen zermalmt, den Geist auf. Die Königin dagegen gelangt mit ihrem Sohne, ihrer Schwiegertochter und den Fürsten ihres Volkes zugleich mit den Unseren nach Baiern heraus. Gefangen wurden auch von den Unseren der Bischof Eppo, der sächsische Markgraf Willihalm, der Graf Poto[5]) und viele Andere.

---

1) Unter dem Jahre 1058. 2) Eitiza. 3) Wilhelm Markgraf der Thüringer, nach Lambert von Hersfeld zum Jahre 1061. 4) Bei Wieselburg. 5) Aus dem Hause der bairischen Pfalzgrafen.

Unter den Vielen aber, welche hier tapfer kämpften, glänzte am
meisten die Tapferkeit zweier, nämlich des Markgrafen Willihalm
und des Grafen Poto. Denn diese standen, während die Unseren
hingeschlachtet wurden, an einem etwas höher gelegenen Orte und
richteten ein solches Gemetzel an, daß das, was früher an den
Tapfersten der Bewunderung würdig erachtet wurde, nunmehr im
Vergleiche zu Jenen gering erscheint. Vom Abend nämlich bis zu
Aufgang der Sonne kämpfend, konnten sie von so viel Kriegern
durchaus nicht gefangen genommen werden, bis sie sich, nachdem
man ihnen öffentlich Sicherheit zugeschworen, selbst ergaben. Der
Dec. 2. Bischof Gebehard von Regensburg starb, es folgt ihm der Domherr
Oto von Bamberg.

1061. Das Geburtsfest des Herrn beging der König zu
Jan. 6. Mainz, kam bald nach der heiligen Erscheinung mit seiner Mutter
nach Regensburg. Hierher eilte ihm die Witwe des ungarischen
Königs mit ihrem Sohne und ihrer Schwiegertochter entgegen, welche
aber der König sogleich in die Ostmark Baierns zurückschickte, indem
er befahl, sie auf seine Kosten zu unterhalten. Ihren Sohn aber
März. und seine eigene Schwester führte er mit sich nach Franken, bis daß
er mit dem weisen Rathe seiner Fürsten überlegt hätte, wie er ihnen
das Reich, das sie verloren, wiedergewinne. Bel aber, der das
Haupt und die Ursache dieses Unglückes war, freute sich gewaltig in
der Hoffnung, er könne vom Könige gütlich erlangen, was er wolle,
mittels derjenigen, welche er gefangen hatte. Als er aber sah, daß
ihm dies nicht nach Wunsch gelang, weil die deutschen Könige durch
Niemandes Drohungen eingeschüchtert und zum Nachgeben gebracht
werden, so entließ er den Bischof aus freien Stücken aus der Gefangenschaft, die Anderen aber behielt er noch bei sich zurück. Da
er aber die edle Abkunft derselben der Wahrheit gemäß in Erfah-
rnng gebracht hatte, begann er den Markgrafen aufzufordern, seine
Tochter zur Ehe zu nehmen. Als Jener dies zu thun versprochen
hatte, wurde er entlassen, kehrte ins Vaterland zurück und verstarb
alsbald. Und so wurden im folgenden Jahre auch die übrigen
alle aus der Gefangenschaft entlassen.

In diesen Tagen wurde auch Rom von inneren Kämpfen heim- 1061. gesucht, da, wie wir schon gesagt haben, einige, die dem Bischof von Parma anhingen, sich von Alexander fern hielten und mit Jenem [1]) gleichsam dem Könige die Treue bewahrten, weil sie ge- hört hatten, daß er von diesem anerkannt sei. Aus diesem Grunde nun kamen Gesandte der Römer nach Augsburg, als der König hier die Himmelfahrt der Gottesmutter beging und eine allgemeine Aug. 15. Reichsversammlung abhielt. Unter diesen aber war einer der Bischof, welcher den Alexander geweiht hatte. Als der nun das Wort erhalten, redete er folgender Maßen: „Eilt zu Hülfe, Ihr großmächtigen Fürsten, der Mutter der Kirchen, eilt zu Hülfe dem apostolischen Stuhle. Denn siehe, während Alle durch Euch des Friedens genießen, wird die römische Kirche allein von inneren Kämpfen erschüttert durch Alexander, der sich Papst nennt, was er nicht ist und niemals sein wird, da über ihn gerecht gerichtet worden ist. Denn nicht mit Beistimmung des Königs, der doch unser Pa- tricius ist, ist er wie ein Hirt in den Schafstall eingetreten, son= dern indem er den Nordmannen, Eueren Feinden, Geld gegeben, wie ein Dieb und Räuber anderswo eingestiegen. Sehet, hier stehe ich selbst, der ich ihn geweiht habe, aber ich rufe Gott zum Zeugen auf, daß ich dieß der Gewalt weichend und gezwungen gethan habe. Deßhalb, Ihr gerechtesten Richter, bitte ich, steuert, dieweil es Zeit ist, dieser Pest, auf daß nicht, wenn das ungesunde Haupt in Fäul- niß übergeht, bald auch die übrigen Glieder abzusterben anfangen." Nachdem dieß die Reichsversammlung angehört hatte, wurde lange und viel gestritten, was in dieser Angelegenheit zu thun sei, da es den Bischöfen weder gerecht noch thunlich erschien, daß die Schüler über den Meister Gericht hielten. Endlich nun wird, nachdem man sich berathen, der Bischof von Halberstadt mit Briefen des Königs und einiger Bischöfe abgesandt, damit er die Beweismittel beider Parteien anhöre und an Statt des Königs und der Fürsten danach ein gerechtes Urtheil abgäbe. Der nun kam nach Rom, unterrichtete

---

1) Dem Bischof von Parma.

sich über jedes einzelne, wie es sich zugetragen, bestätigte, unter
der Zustimmung der Einen und unter dem Widerspruche der Anderen,
selbst die Wahl Alexanders und kehrt so nach Hause zurück.¹) Zu
dieser Zeit gab die Mutter des Cäsars das Herzogthum Baiern,
welches sie lange behalten hatte, aus freien Stücken auf und ließ
dasselbe dem Otto²), einem klugen Manne, übergeben. Der Bischof
Abalman von Brescia starb, Ulrich folgt ihm.

1062. Das Geburtsfest Christi begeht der König zu Goslar,
März 31.Ostern zu Speier. Der König nun fing schon an reifer zu werden,
die aber, so die Ersten bei Hofe waren, sorgten nur für sich allein,
und Keiner lehrte den König, was gut und recht ist; und daher
geschah vieles im Reiche, was nicht in der Ordnung war. Deßhalb
hielten der Erzbischof Anno von Köln, die Herzoge und Großen
des Reiches häufige Zusammenkünfte und forschten einander in
großer Besorgniß gegenseitig aus, was hierbei zu thun sei. Nachdem sie endlich nun einen festen Plan gefaßt, erscheinen sie, als der
König am Rheine an dem Orte, der Werth³) genannt wird, sich
befand, unversehens mit einer großen Menge bei Hofe, nehmen das
Kreuz und die königliche Lanze aus der Kapelle weg, setzen den
König selbst auf ein Schiff und führen ihn, ohne daß Jemand
Widerstand leistete, bis nach Köln. Des Königs Mutter nun
schied traurig von dannen, aber als sie überlegte, wie schwer es sei
die Reichsgeschäfte zu besorgen, machte sie aus der Noth eine
Tugend und verlangte, den heiligen Schleier ihr anzulegen. So
behielt sie allein die Güter, welche ihr zum Leibgedinge gegeben
waren, gab im übrigen die Zügel des Reiches alle insgesammt
auf und widmete sich ganz dem Dienste Gottes. Denn wer immer
ihre Inbrunst bei Nachtwachen und Beten, die Menge ihrer Al-
mosen, ihre Genügsamkeit in Speise und Trank, die Dürftigkeit
ihrer Kleidung und Pflege und die anderen Werke ihrer Demuth
und Frömmigkeit sah, der konnte frei bekennen, daß dies eine

1) Diese Erzählung ist nicht der Wahrheit gemäß, denn der Bischof Burchard von Halberstadt wurde erst 1062 nach Rom geschickt nach der Synode von Augsburg, welche im
Oct. 1062, und nicht im August 1061 stattfand. 2) Grafen von Northeim aus Sachsen.
3) Weriba. Kaiserswerth.

Wandlung durch die rechte Hand des Höchsten sei.[1]) Und da der 1062.
Bischof, der jetzt der Erste bei Hofe war, nach Gerechtigkeit strebte,
fing auch das Gemeinwesen an aufzublühen.

Zu dieser Zeit[2]) nun trachtete der Bischof von Parma, von
dem oben die Rede war, danach, den apostolischen Stuhl, den er
nach kanonischem Rechte nicht erlangen konnte, mit den Waffen zu
erlangen. Zu dieser Hoffnung hatte ihn besonders der Umstand
bewogen, daß er von dem Könige anerkannt war. Dazu waren
ihm auch einige Römer günstig gesinnt. Deßhalb sammelte er
er ein nicht unbedeutendes Heer von Longobarden und brach nach
Rom auf, kam über Sutria, welches die Unseren Sudrun nennen,
hinaus und schlug in einer Gegend, welche das fette Feld[3]) genannt März 25.
wird, Lager, in der Absicht, hier das Heer einige Tage ruhen zu
lassen, und zugleich in der Hoffnung, daß durch seine bloße Ankunft
die Römer in Schrecken versetzt würden, so daß Alexander entweder
freiwillig sich davonmachen, oder er bedeutende Unterstützung aus
der Stadt bekommen würde. Zudem ermuthigte ihn noch der Umstand, daß seine Anhänger innerhalb der Stadt den Thurm des
Cresentius[4]) inne hatten, dazu noch einen anderen sehr festen Thurm,
welcher am Ufer der Tiber bei der Brücke des Olvius[5]) steht.
Alexander aber und seine Anhänger hatten schon längst vorher um
das Herannahen Jener gewußt, und bereiten sich daher ebenfalls,
sich mit den Waffen zu vertheidigen. Als der Bischof von Parma
dieß erfahren, brach er sogleich mit fliegenden Fahnen aus dem
Lager auf und marschirt so in Schlachtordnung auf Rom zu. Auf
der anderen Seite rückten die Anhänger Alexanders gleichfalls wohl-
gerüstet vor, denen sich auch viele aus dem Volke angeschlossen
hatten, theils aus Leichtfertigkeit der Sinnesart, theils aus Zorn
und Unwille, da es ihnen als eine große Schmach erschien, daß
Jemand mit Heeresmacht feindlich Rom anzugreifen sich heraus-
nähme. Und unverweilt geben die Römer, beim ersten Zusammen-

---

1) Vgl. Psalm 77, 11.   2) Diese Zeitbestimmung ist in der Ordnung. Katalo griff
zuerst im März 1062 Rom mit einem Heere an.   3) Campus crassus.   4) Die Engels-
burg.   5) Anderwärts: die Brücke des Holbius.

1062. stoß über den Haufen geworfen, Fersengeld, fliehen nach der Stadt zu, und viele fallen getödtet und verwundet. Einige aber eilen zur Tiber und besteigen ein Schiff; als aber Jene sie einholen, nur Einer eine Lanze abschoß, und Jeder für sich besorgt war, drängen sich Alle nach einer Seite des Schiffes, das Schiff schlägt um, und fast Alle ertrinken in dem Wasser. In Folge dieser Kriegsthaten bekam der Bischof von Parma mit den Seinen schon ein Ansehen, und der Schrecken vor ihnen wuchs durch ganz Rom von Tag zu Tage. Allein bevor sie in der Stadt einzogen, kam zu dieser Verwirrung der Herzog Gotefried hinzu, welcher längst nach des Kaisers Tode nach Italien zurückgekehrt war, und da er die Witwe des Bonifacius zur Frau hatte, in diesem Theile des Reiches in hohem Ansehen stand. Der nun wurde nicht müde jetzt mit Drohungen, jetzt mit Rathschlägen mit Beiden zu verhandeln, bis er Beide überredet hatte, zu ihrem Bischofssitz zurückzukehren, mit der Weisung, daß Gesandte der Beiden mit ihm zum Könige gehen sollten, so daß derjenige in Zukunft den apostolischen Stuhl ohne Widerspruch inne haben solle, welchem der König und die Fürsten des Reiches denselben zusprächen. Diesem Entscheide stimmten Beide leicht zu, da Jeder auf seine Sache vertraute. Als aber diese Gesandten an den königlichen Hof gekommen waren und die Sache in der Reichsversammlung berathen wurde, beschloß man einmüthig, daß der, welcher geweiht sei, wieder auf den apostolischen Stuhl zurückkehre, bis er nach kanonischem Rechte auf einer Synode vernommen, entweder rechtmäßig in diesen eingesetzt oder rechtmäßig verurtheilt, abgesetzt würde. So werden die Gesandten entlassen und gehen in ihr Land zurück, und Alexander kehrt nicht lange Zeit danach nach Rom zurück.[1]

Der Bischof Engilhart von Magdeburg starb[2], es folgt Wezil. Nov. 13. Es starb auch der Abt Adalhard von Altaich, ein Mann von höchster Vollendung im Mönchsleben.

---

1) Alexander II. kehrte vor Ostern 1063 nach Rom zurück. 2) Erst im folgenden Jahre am 1. September.

1063. Der König beging zu Freising das Geburtsfest des Herrn, wo er den Wenzlaus den Altaichern zum Vater einsetzte, einen Mönch und Bruder dieser Congregation, damals aber Abt zu Leno. Der nun kam unter dem Jubel aller Brüder am Sonntage der Beschneidung nach Altaich, und wurde mit großen Ehren und Jan. 1. unter einträchtiger Freude der gesammten Familie empfangen. Das heilige Osterfest nun beging der König zu Goslar. Hier entbrannte April 20. am heiligen Sonnabend urplötzlich ein Aufruhr[1]), der aber unter Beistand der göttlichen Milde beigelegt, bald ein Ende nahm.

Der Papst Alexander also war, wie wir schon gesagt, nach Rom zurückgekehrt und ließ, wie es Sitte in der römischen Kirche ist, nach Ostern eine Synode der Bischöfe und Aebte zusammen-kommen. In dieser Synode nun wurde gegen den Bischof von Parma die Anklage erhoben, daß er durch Geldspenden, also durch die Ketzerei der Simonie, versucht habe, den apostolischen Stuhl zu erlangen, und, als das nicht nach seinem Wunsch ausgefallen, er mit Krieg und bewaffneter Hand Rom, die Mutter der Kirchen, heimgesucht habe, und daß solchergestalt unter seiner Anführung und seinem Beirath daselbst viele Mordthaten und Verstümmelungen verübt worden seien. Da nun diese seine Verbrechen Allen offen-kundig waren, und er weder selbst gekommen war noch irgend Je-mand geschickt hatte, um dieß in Abrede zu stellen oder zu sühnen, wurde er von Allen verurtheilt und der Bannstrahl gegen ihn ge-schleudert. Als er dieß aber hörte, versammelte er Bischöfe und Geistliche, soviel er konnte, zu Parma und verdammte seinerseits gleichfalls den Alexander, indem er behauptete, er sei von Rechts-wegen für den Hirten der göttlichen Heerde zu halten, sintemalen er von dem Könige, dem römischen Patricius, erwählt und einge-setzt sei; Jener dagegen sei von Allen zu verabscheuen und zu ver-folgen, da er nicht von den Priestern und dem römischen Volke kanonisch gewählt, sondern von den Nordmannen, den Feinden des römischen Reiches, mit wölfischer List, wie ein Dieb und heimlich

---

1) Nicht das Oster= sondern das Pfingstfest wurde durch den Kampf der Fulder und Hildesheimer in der Kirche zu Goslar gestört; vgl. Lambert von Hersfeld.

1063. eingeführt sei. Auf diese Weise nun verklagten und vertheidigten sie sich gegen einander in gehässiger Bissigkeit.

Der König aber und die Fürsten des Reiches waren in großer Sorge, weil die Schwester des Königs mit ihrem Gemahle schon lange Zeit aus ihrem Reiche vertrieben waren, und dagegen noch nichts geschehen war, was der königlichen Ehre würdig erachtet werden konnte. Deßhalb hielt er eine allgemeine Reichsversammlung zu Mainz ab und beschloß, dem Rathe weiser Männer folgend, in diesem Sommer das Heer nach Ungarn zu führen. So wurden sie entlassen und kehrten nach Hause zurück; und da dieß die erste Heerfahrt des jugendlichen Königs war, so befliß sich ein Jeder, wie er konnte, sich auf dieselbe mit allen Kräften vorzubereiten. Als aber Bel, der den Salomo aus dem Reiche vertrieben und sich schon durch Einsegnung zum König hatte weihen lassen, gehört hatte, daß diese Heerfahrt mit solch' großer Zurüstung ausgestattet werde, gerieth er in große Aengste. Denn es waren früher oft schon zwischen den Unseren und den Ungarn Kriege geführt worden, und daher waren ihm sowohl die Weisheit der Unserem im Rathe, als ihre Kühnheit im Kampfe nicht unbekannt, und darum suchte er eifrig nach Mitteln, diese Heerfahrt zu hintertreiben. Endlich nun hatte er seinen Plan ersonnen und schickte Gesandte; vor allem ließ er sich rechtfertigen, er habe den König Salomo nicht selbst aus dem Reiche vertrieben, vielmehr hätte er, als dieser aus freien Stücken und unverfolgt die Flucht ergriffen, das ihm von den aufrührerischen Kriegern aufgesetzte Diadem nicht zurückweisen können. Wenn also der König in sein Reich zurückkehren wolle, so sei er bereit denselben mit geziemender Ehrfurcht, als seinen Herrn und König zu empfangen und ihm zu dienen, unter der Bedingung freilich, daß er ihm gestatte, das Herzogthum, welches er unter seinem Vater gehabt, zu behalten. Und damit er den Unseren alles Mißtrauen benähme, versprach er seinen Sohn, als Geisel dieses Vertrages, zum Könige zu schicken. Jedoch waren Trug und List der Ungarn den Unseren längst schon allzu oft durch die Wahrheit der Thatsachen bekannt geworden, und daher wollte Niemand diesen

Worten Glauben schenken. Die Gesandten kehren ohne Friede er- 1063. langt zu haben heim, Jener aber that mit der ihm angeborenen Verschlagenheit, als ob er den Frieden wünsche und schickte unmittelbar nochmals Gesandte, verschanzte aber inzwischen nichtsdestoweniger die Engpässe der Straßen und bereitete sich durch Befestigung der Burgen zum Kampfe. Doch wurde seine List mit List getäuscht, da ihm mit Worten die Hoffnung des Friedens gegeben, in der That aber der Kriegszug vorbereitet wurde. Kurz, als die geeignete Sept. Zeit gekommen war, kam der König mit einem großen Heere an die ungarische Grenze, fand aber jeglichen Zugang verschlossen, sowohl durch sehr starke Schanzwerke, als auch durch sorgfältige Bewachung von Kriegern. Deßhalb schickte er einen Theil des Heeres unter der wegkundigen Führung der Ungarn, welche mit dem Salomo zu ihm geflohen waren, durch ein Röhricht voraus, indem er ihnen befahl, wenn sie eingedrungen seien, ihm zurückzumelden, ob er selbst mit den Uebrigen nachfolgen könne. Jene aber senden, nachdem sie eingedrungen, wegen der allzugroßen Fährlichkeit Niemand zurück, sondern gelangen nach einem Marsche von zwei Tagen an eine Stadt, welche Wieselburg¹) genannt wird, beschließen diese zu erobern und hier dem Könige den Zugang offen zu machen. Der König aber wußte von diesem ihrem Plane nichts, kam jedoch ohne ihr Vorwissen inzwischen selbst vor jene Stadt, und so stießen sie unversehens auf einander und rückten auf zwei Seiten an die Stadt heran. Ohne Verzug erhebt sich gewaltiges Kampfgetümmel, die Stadt wird im Augenblicke genommen und der König zieht nach Oeffnung der Thore mit dem ganzen Heere unversehrt in Ungarn ein. Bel aber war mit seinem Sohne nicht weit davon entfernt und hatte zum Kampf bereit eine unzählbare Mannschaft zusammengezogen. Bald darauf aber, als er erfuhr, daß Jene gegen ihn anrückten, hauchte er den Geist aus; sein Sohn aber entging mit knapper Noth der Gefangenschaft durch die Flucht. So wurde durch Gottes Fürsehung das Volk und dieses ganze Land ohne Blutvergießen durch den König Heinrich dem Könige Salomo wiedergegeben.

1) Miesiginburch.

Salomo aber eingedenk der ihm erzeigten Barmherzigkeit, lud den
König nach Weißenburg)¹, welches die Hauptstadt seines Reiches ist,
ein und ehrte denselben, nach Abhaltung eines Festmahles, mit Ge=
schenken, welche der königlichen Freigebigkeit ziemlich waren; und
keiner der Fürsten schied ohne angemessen beschenkt zu sein. Unter
Aller Freude kehrt der König mit den Seinen nach Baiern zurück,
und solchergestalt wird wiederum mit den Ungarn Friede geschlossen.

Sept. 3.   In diesem Jahre stirbt der Bischof Heinrich von Augsburg,
welchem Embriccho nachfolgt.

    1064. Die Fleischwerbung des Herrn beging der König zu
Worms.²) In diesen Tagen kamen wiederum Gesandte der Römer
mit der Klage, daß, während für alle Bisthümer ein einziger Bischof
genüge, allein über den apostolischen Stuhl Zwei im Streite lägen.
Durch die täglich wiederholte Klage derselben veranlaßt, beschlossen
der König und die Fürsten, zu Mantua eine Synode zu halten,
wo die beiden Päpste, wenn man so sagen darf, und die deutschen,
römischen und longobardischen Bischöfe zusammenkommen könnten.
Diesem Erlasse aber stimmten beide, Alexander und Kadalo, gleicher=
maßen bei, da jeder von beiden, wie wir gesagt haen, auf seines
Sache vertraute. Diese Synode aber wird auf den heiligen Pfingst=
tag angesagt.

    Als aber der Sommer herankam, wird von dem Cäsar zu
dieser Synode der Erzbischof von Köln mit anderen Bischöfen und
nicht wenigen Fürsten gesandt. Der Bischof von Parma aber kam
mit einer gewaltigen Mannschaft an den Ort, der Aqua nigra³) ge=
nannt wird. Von da schickte er Gesandte an den Erzbischof von
Köln und ließ ihm sagen, er wolle an dieser Kirchenversammlung
nicht Theil nehmen, wenn ihm nicht gestattet würde, die Synode
abzuhalten und den Vorsitz auf dem Platze, der dem Papste als
Richter gebühre, zu führen. Aber als dieß den königlichen Gesand=
ten unziemend und ungerecht dünkte, daß Alexander, der ja schon
Papst war, abwesend und ungehört abgesetzt würde, so blieb er an

    1) Wizinburg. 2) Wohl eher zu Köln, wie eine andere Quelle angiebt. 3) Schwarzes
Wasser.

dem Orte, den wir genannt, stehen, schickte aber von dort täglich
Kundschafter nach Mantua, die ihm hinterbrächten, was daselbst ge-
redet und gehandelt würde. Alexander aber traf bereitwillig zu der
Synode ein, da er stets den kirchlichen Regeln in allem zu ge=
horchen sich befliß. Aus Italien aber strömen Bischöfe und Aebte
und andere Fürsten ohne Zahl überall her zusammen, und hingen
aus Parteileidenschaft, welche bei ihnen sehr bedeutend war, diese
diesem, jene jenem an. Nachdem sich also am heiligen Pfingst=
montage alle in der Kirche versammelt hatten und nach Anrufung Mai 31.
des heiligen Geistes allen nach dem Herkommen die Sitze bereitet
waren, hielt zuerst Alexander eine Rede über den Frieden und
die Eintracht, und hieß darauf vorbringen, was etwa zu
sagen sei. Da sprach der Erzbischof von Köln: „Der König
und die Fürsten des Reiches haben über Dich die Aussage vieler,
welche dieß für wahr erklären, vernommen, nämlich daß Du durch
die Ketzerei der Simonie auf den apostolischen Stuhl gelangt seiest;
und da Du Dir eines solchen Vergehen bewußt warst, so hast Du
die Nortmannen, die Feinde des römischen Reiches, zu Bundesge-
nossen und Freunden genommen, um mit deren Hilfe gegen die
kirchlichen Regeln und auch ohne Willen des Königs die Macht zu
behalten: deßhalb sind wir vom Könige gesandt, um zu erforschen,
was daran Wahres sei." Darauf antwortete jener, um seine
eigenen Worte zu gebrauchen — also: „Ihr wißt wohl, geliebte
Söhne, daß wenn meine Ankläger wahrhaftig sein und dafür gehalten werden wollten, es sich ziemte, daß sie jetzt, sowie ich, hier
zugegen wären. Trotzdem aber wäre ich nicht gezwungen ihnen zu
antworten, außer aus freiem Willen, da wir alle wissen, daß es
nicht recht ist, daß die Schüler den Meister anklagen und verur-
theilen. Doch damit die heilige Kirche Gottes an mir kein Aerger-
niß habe, bezeuge und schwöre ich jetzt bei der Ankunft des heiligen
Geistes, welche wir feiern, daß ich mein Gewissen niemals mit der
Simonischen Ketzerei befleckt habe, vielmehr haben sie mich, obgleich
ich Einsprache that und mich sträubte, wider meinen Willen auf den
apostolischen Stuhl gezogen, eingesetzt und geweiht. Und das thaten

1064. diejenigen, welche nach dem alten Herkommen der Römer die Sorge und Machtbefugniß anerkanntermaßen haben, den Papst zu wählen und zu weihen. Was aber das Bündniß und die Freundschaft mit den Northomannen anbelangt, die Du mir vorwirfst, so antworte ich jetzt darauf nichts; aber wenn mein Sohn, der König, einst selbst nach Rom kommt um die kaiserliche Weihe und Krone zu empfangen, so mag er selbst während seiner Anwesenheit sich überzeugen, was daran Wahres ist." Nachdem sie dieß gehört, waren alle der Ansicht, daß er sich gut von den Vorwürfen gereinigt, und bestätigten ebenfalls seine Wahl, während die Geistlichkeit sang: „Herr Gott dich loben wir", die übrigen aber insgemein Gott priesen und lobten. Als endlich Stillschweigen eingetreten war, erhob der Papst Alexander Klage wider den Bischof von Parma, den er selbst aber nicht Bischof, sondern einen Ketzer nannte. Und da Niemand da war, der seine Vergehen vertheidigt hätte, verdammte er ihn wiederum nach Urtheil der Synode, indem die Cisalpiner¹) und die Italiener und alle, die sprechen gelernt hatten, einfielen: „So sei es, so sei es!" Und auf solche Weise wurde an diesem Tage das Concil ge-

Juni 1. schlossen. Am folgenden Tage aber war der Erzbischof von Köln nicht zugegen, und siehe die Anhänger des Bischofs von Parma brachen mit großem Lärm in die Kirche ein, schrieen, der Papst Alexander sei ein Ketzer, einige sogar bedrohten ihn mit gezückten Schwertern mit dem Tode. Auf diesen Anblick flohen fast alle, die auf dem Concile waren, der Papst blieb fast allein auf seinem Platze, unter dem Beistande und Rathe des ehrwürdigen Abtes Wenzlaus²), der den Brauch der Longobarden längst vollkommen kannte, daß sie nämlich vieles kühnlich mit Worten androhen, was sie in der That durchzuführen durchaus nicht wagen. Dieß fand auch hier ganz in dieser Weise statt, indem, sobald als Beatrix, die Gemahlin des Herzogs Gotefrid, die Kirche mit den Ihrigen betrat, jener ganze Aufruhr und kriegerische Lärm sofort und, daß ich den Ausdruck brauche, im Augenblicke ab- und ein Ende nahm. Nachdem so in den folgenden zwei Tagen was zu ordnen war, ge-

---

1) D. i. die Deutschen. 2) von Altaich.

ordnet worden, geht der Papst Alexander nach Rom zurück. Die übrigen alle kehren nach Hause zurück.

1065. Das Geburtsfest des Herrn begeht der Cäsar zu Köln.[1]) Schon blühte nun der katholische Glaube weit und breit, schon waren alle Weissagungen der Propheten, welche vor der Ankunft Christi nur sehr wenige verstanden, nach seiner Geburt und seinen Leiden allen Gläubigen klarer als das Licht, und unter diesen schien auch jene in Erfüllung gegangen zu sein: „Und seine Ruhe wird Ehre sein."[2]) In diesem Jahre nämlich zog eine solche Menge nach Jerusalem, um am Grabe des Herrn zu beten, daß jeder glauben konnte, die Gesammtheit der Völker zöge ein. Und da viel von dieser Fahrt zu erzählen wäre, so bitte ich, daß es Niemanden lästig falle, wenn wir gleichfalls davon einiges wenige zusammen-fassend berühren. Unter denen nun, welche mitzogen, waren folgende Fürsten: der Erzbischof Sigifrid von Mainz, der Bischof Wilelm von Utrecht, der Bischof Otto von Regensburg; der Bischof Gunther von Bamberg. Obgleich dieser nun jünger an Jahren war als die anderen, stand er doch nicht hinter den übrigen zurück an Weis-heit und Stärke des Geistes und wurde, woran wir nach seinem Tode uns nicht ohne Schmerz und Seufzen erinnern können, dazu-mal für die Zier und Säule des ganzen Reiches gehalten. Wie nämlich die, so mit seinen geheimsten Neigungen vertraut waren, zu versichern pflegen, war er vollkommen in vielen trefflichen Eigen-schaften bis zur Nagelprobe. Diesen Häuptern nun folgte eine solche Menge von Grafen und Fürsten, von Reich und Arm, daß sie die Zahl von zwölf Tausenden zu überschreiten schien. Sobald sie nun den Fluß, so man March[3]) nennt, überschritten hatten, kamen sie alsogleich häufig in Fährlichkeiten mit Schächern und Räubern, welchen sie aber klug und vorsichtig auswichen; und so gelangten sie endlich in die Stadt Konstantinopel. Hier also hielten sie sich so ehrenvoll in allem, daß selbst die Anmaßung der Griechen und ihres Kaisers sie höchlichst darüber bewunderte. Sie staunten

1) Vielmehr zu Goslar nach Lambert von Hersfeld u. A. 2) Jesaia 11, 10. 3) Marowa.

5*

1065. auch den Bischof Gunther wie ein großes Schaustück an und hielten ihn nicht für einen Bischof, sondern für den römischen König, der sich deßhalb in der Gestalt eines Bischofs verberge, weil er durch diese Reiche das Grab des Herrn anders nicht erreichen könne. Nachdem sie nun nach einigen Tagen von hier aufgebrochen, kamen sie unter verschiedenen Fährlichkeiten und Bedrängnissen nach Aliquia[1]), wie derselbe Bischof Gunther kund thut, indem er von diesem Ort unter anderem folgendermaßen an die Seinen, die zu Hause waren, schreibt: „In Wahrheit, ihr Brüder, sind wir durch Wasser und Feuer gegangen, und endlich hat uns der Herr nach Aliquia geführt, dessen die heilige Schrift als Laoditia gedenkt. Wir haben nämlich ausgehalten die Ungarn, welche ohne Treue uns dienten, die Bulgarier[2]), welche heimlich raubten, wir sind geflohen vor den Uzen, welche offen wüsteten, wir haben gesehen die Konstantinopolitaner, welche mit ihrem Griechen= und Kaiserthum prahlten, wir haben gelitten von den Romaniten[3]), welche über jede menschliche und thierische Wildheit wütheten; schweres haben wir allerdings erduldet, aber noch schwereres ist uns vorbehalten." Als sie nun in Aliquia wenige Tage verweilten, siehe da kamen ihnen jeden Tag solche entgegen, welche von Jerusalem zurückkehrten, und welche den Tod von unzähligen ihrer Gefährten meldeten und ihre Drangsale an frischen und noch blutenden Wunden zeigten; öffentlich versichern sie, Niemand könne auf jenem Wege durchkommen, da das sehr grausame Volk der Arabiten, nach menschlichem Blute dürstend, jenes ganze Land besetzt habe. Was sollten sie also thun, wohin sollten sie sich wenden? Als sie nun Rathes gepflogen, kamen sie schnell überein, sich selbst ganz zu verläugnen, und ihre ganze Hoffnung auf den Herrn zu setzen, und so brachen sie in dem Bewußtsein, daß sie sowohl lebend als todt des Herrn seien, heiteren Muthes durch das Land der Heiden nach der heiligen Stadt auf. Als sie nun bald an eine Stadt, so man Tripolis nennt, gelangt waren, und der Herzog der Barbaren eine solche Menge gesehen, beschloß

---

1) Jetzt Latakieh, bei den Alten Laodicea, in Phönicien. 2) die Bulgaren. 3) in Kleinasien.

er, in der Hoffnung unermeßliches Geld zu finden, allesammt grau= 1065.
samlich mit dem Schwerte umzubringen. Während dieß aber die
Bösewichter planten, fehlte die göttliche Milde des Herrn nicht
denen, so auf ihn vertrauten. Allsogleich nämlich stieg aus dem
Meere, welches die Stadt an einer Seite bespült, eine dunkle Wolke
auf, aus welcher leuchtende Blitze mit Donner und gewaltiger
Schreckniß hervorbrechen. Und als dieses Unwetter bis zur sechsten
Stunde des anderen Tages anhielt und der Berg der Meergewässer
mehr als gewöhnlich anschwoll, so riefen die Heiden selbst von der
Noth bedrängt unter einander, die Stadt müsse zugleich mit dem
Volke ohn' Verweilen in den Abgrund sinken, da der Gott der
Christen für die Seinen kämpfe. Durch diese Todesfurcht wird der
Herzog von seinem Vorhaben abgebracht, sogleich legt sich die Auf=
regung des Meeres, den Christen wird die Erlaubniß abzuziehen
zugestanden. Von verschiedenen Bedrängnissen und Fährlichkeiten
also beunruhigt, kommen sie endlich durch das ganze Heidenland zu
der Stadt Caesarea[1]) genannt, wo sie auch den Tag des Mahles März 24.
des Herrn begingen, welcher in diesem Jahre auf den 24. März
fiel. Auch wünschten sie sich Glück, als wären sie nun aller Ge=
fahr entgangen, da von da bis nach Jerusalem nicht mehr als
zwei Tagereisen gerechnet wurde. Am anderen Tage aber, nämlich März 25
am Charfreitage, fielen sie ungefähr in der zweiten Tagesstunde,
als sie aus dem Flecken Capharsala[2]) zogen, plötzlich in die Hände
der Arabiten, welche sogleich wie Wölfe, die nach der lang entbehr=
ten Beute lechzen, auf sie einstürzten und die ersten elendiglich zer=
fleischten und niedermetzelten. Die Unseren aber versuchten zuerst
Widerstand zu leisten, wurden aber, da sie unbewehrt waren, sehr
schnell gezwungen, in den Flecken zurückzufliehen. Wieviele Menschen
dabei auf ihrer Flucht getödtet wurden, wie unzählige Todesarten,
welches Drangsal und Elend hier vorkam, wer vermag dieß in
Worten auszudrücken? Hier also wird der Bischof Wilelm von
Utrecht schwer verwundet und aller seiner Kleider beraubt mit vielen

---

1) Jetzt Kaisarieh. 2) Bei den Alten Chabarzaba oder Stadt des Antipater genannt;
nicht Capernaum, wie sich Lambert von Hersfeld einredet.

1065. anderen elenbiglich Erschlagenen auf dem Erdboden liegen gelassen. Die übrigen drei Bischöfe aber besetzten mitsammen einer bedeutenden Menge verschiedenen Volkes einen Steinbau und zwei steinerne Thürme, bereit, sich von hieraus, so lange es Gott gefalle, zu vertheidigen. Das Thor des Baues aber war sehr enge, und da der Feind drängte, konnten die Lasten der Pferde nicht heruntergenommen werden; deßhalb verloren sie die Pferde und Maulesel selbst mit allem, was sie trugen. Nachdem die Feinde dieses unter sich vertheilt, eilten sie sogleich die Herren der Güter selbst zu vernichten. Dagegen nahmen jene als Waffe, was ihnen in die Hände kam, und widerstanden mannlich. In Folge dessen wurden die Feinde von noch größerem Unmuth ergriffen und griffen um so ungestümer an. Von welchen sie geglaubt, daß sie nicht das geringste gegen sie unternehmen würden, diese sahen sie jetzt mannlich Widerstand leisten. An drei Tagen also hintereinander wird von beiden Seiten mit aller Anstrengung gekämpft, sintemalen es sich bei den Unseren, obgleich sie durch Hunger, Durst und Wachen erschöpft waren, um Leben und Rettung handelte, die Feinde aber in wölfischer Wuth knirschten, daß sie die Beute, welche sie in dem Rachen zu haben wähnten, auf keine Weise hinunterschlucken konnten. Endlich März 27. nun wurde gerade am heiligen Ostersonntage in der neunten Tagesstunde ungefähr zwischen ihnen Friede angesagt, acht Fürsten der Heiden wurden gestattet auf den Thurm zu steigen, auf welchem sich die Bischöfe befanden, um dort in Erfahrung zu bringen, mit welcher Geldsumme sie ihr Leben und die Freiheit abzuziehen erkaufen wollten. Sobald sie aber heraufgestiegen waren, trat derjenige, welcher unter ihnen der Höchste zu sein schien, auf den Bischof Gunther, den er für den Anführer aller hielt, zu, nahm das leinene Band, mit welchen er das Haupt bedeckt hatte, ab, warf es um den Hals des sitzenden Bischofs und sprach: „Siehe, durch Deine Gefangenschaft habe ich diese alle zusammen in meiner Gewalt und werde nun mit Dir zugleich an den Bäumen aufknüpfen, soviel ich Lust habe." Hier, ja hier kann man erkennen, daß der Gerechte wie ein Löwe auf sich vertraut. Denn als der ehrwürdige Mann

durch den Dolmetsch erfahren hatte, was jenes Handlung und 1065.
Rede bedeute, wurde er durchaus nicht durch die zahllose Menge
Feinde, welche ihn umgab, eingeschüchtert, sondern sofort aufspringend
schlug er mit einem Schlage seiner Faust den Heiden zu Boden,
setzte den Fuß auf seinen Nacken und sprach: Hei, ihr Genossen,
macht Euch auf, ergreift diese alle, schlagt sie fest in Bande und
stellt sie wehrlos den Geschossen der Ihrigen, welche uns bedrängen,
entgegen.“ Ohne Zögerung nach seinen Worten geschah, was er
befahl, und auf diese Weise ruhte an diesem Tage der Angriff der
heidnischen Bedränger. Am folgenden Tage nun ungefähr in der
neunten Tagesstunde kam der Herzog des Königs der Babylonier,
welcher in. der Stadt Ramula¹) befehligte, obgleich er ein Heide
war, auf die Kunde dessen was vorgefallen, zur Befreiung der
Unseren mit einer großen Mannschaft heran. Er überlegte nämlich,
daß, wenn jene durch solch’ elenden Tod umkämen, in der Folge
Niemand auf der Bittfahrt durch dieses Land kommen, und er und
die Seinen daher schweren Verlust erleiden würden. Als die Araber
seine Ankunft merkten, flohen sie nach allen Seiten; er selbst nahm
diejenigen, welche gefangen und gebunden waren, in Empfang und
machte den Unseren den Ausweg frei. Diese gingen heraus und
gelangten in die Stadt Ramula, und hier lagen sie, von dem Herzoge und den Städtern zurückgehalten, zwei Wochen gegen ihren
Willen. Endlich nun entlassen, betraten sie am 12. April die heilige April 12.
Stadt. Welcher Strom von Thränen nun da vergossen wurde,
wie viele und lautere Bittopfer sie Gott darbrachten, mit welch’
heiterem Sinne sie nach so vielen Seufzern sangen: „Wir wollen
in seine Wohnung gehen und anbeten vor seinem Fußschemel“²),
wer vermag dieß in Worten auszudrücken? Nachdem sie nun allda
13 Tage hindurch in innigster Demuth dem Herrn ihre Gelübde
gelöst, kehren sie endlich jubelnd nach Ramula zurück. Die Araber
aber waren in noch viel größerer Anzahl von allen Seiten zusam-
mengekommen und besetzten alle Zugänge der Straße in blut-
dürstigen Sinne lauernd, weil sie sich sehr ärgerten, daß ihnen die

---

1) Jetzt Ramleh. 2) Psalm 132, 7.

1065. Beute aus dem Rachen gerissen war. Die Unseren aber, die das
wohl wußten, gaben sogleich Kaufleuten Fährgeld, paßten den rich-
tigen Wind ab, bestiegen ein Schiff, und landeten nach glücklicher
Fahrt am achten Tage in dem Hafen der Stadt Aliquia. Nach
Mai. einigen Tagen nun brachen sie von da auf, und machten endlich,
nicht ohne viel Mühsal und Fährlichkeit erduldet zu haben, doch
voll Freude, nach langem Marsche an der Grenze Ungarns und am
Ufer des Donauflusses halt. Aber hat jemals diese trügerische Welt
etwas Freudiges gehabt oder zum freudigen Abschlusse gebracht?
Schon nämlich hatten sie über den Fluß gesetzt, schon freuten sie sich
das Vaterland zu erreichen, und siehe der oft genannte erlauchte
Bischof Gunther beugte, als ob er schon seinen Tod voraus wüßte,
am Ufer des Flusses sein Knie zur Erde, küßte den Boden und
sprach: „Lob und Dank dem allmächtigen Gotte, der mich an diesen
Ort geführt hat. Denn wie immer er jetzt die Stunde und den
Ort meines Todes bestimmt hat, so bin ich dessen doch sicher, daß
meine Getreuen meinen Leib nach Bamberg bringen werden." Kurz,
zu derselben Stunde wird er von Krankheit befallen, jedoch nicht
von der Weiterreise abgehalten, bis er in die Stadt, so man Oeden-
burg[1]) nennt, gelangte. Als er nun hier der Krankheit nicht länger
zu widerstehen vermochte, vielmehr sicher erkannte, daß sein Todes-
stündlein herannahe, legte er vor seinen drei Mitbischöfen und
mehreren andern Männern geistlichen Standes Beichte ab und ver-
schied, mit der Salbung des heiligen Oeles versehen und nach Em-
Juli 23. pfang der Wegzehr des Leibes und Blutes des Herrn, am 23. Juli.
Seinen Leichnam hoben jene treuen Gefährten und Mitbischöfe unter
Wehklagen auf und brachten denselben, da eine sehr große Anzahl
seiner Getreuen, welche etwas ganz anderes von ihm hofften, täglich
ihnen entgegenkamen, unter großer Trauer fast des ganzen Baierns
und Frankens nach Bamberg und bestatteten ihn vor dem Altare
der heiligen Gerdrud, wie er selbst noch bei seinen Lebzeiten angeordnet hatte, mit geziemender Ehre. Und wenn Jener auch, wie
wir sicher glauben, in eine bessere Welt eingegangen ist, hinterließ

---

1) Deserta civitas, oede Stadt.

er doch den Seinen eine untröstliche Trauer. Um es nämlich mit aller Einverständniß zu sagen, zu unseren Zeiten ist wohl selten oder niemals Einer erstanden, der größer als er in allen Tugenden gewesen wäre, und kaum kann man glauben, daß nach ihm ein Gleicher jemals erstehen wird. Es folgt ihm im Bisthum Herimann, Domherr zu Mainz.

Der Bischof Egilbert von Passau starb, es folgt Altmann. ^{Mai 17.} Der Bischof Rutheri von Treviso starb, es folgt Wolframm, damals Abt zu Osegg[1]), vormals Mönch zu Altaich. In diesem Jahre wird die Abtei Altaich dem bairischen Herzoge Otto zu Lehen gegeben.[2]) Darüber fingen viele bald an zu glauben und zu reden, es würde ihm dieses nicht zum Heile ausschlagen.

1066. Das Geburtsfest Christi begeht der König zu Mainz[3]), Ostern aber zu Speier.[4]) An den drei Ostern nächst vorhergehenden ^{April 16.} Tagen erschien durch ganz Italien ein Stern von wunderbarer Größe, welcher einen Strahl wie einen Speer gegen Osten ausgehen ließ. Nach Ostern aber in den Tagen der Bittwoche[5]) erschien nicht nur in Italien, sondern durch das ganze Reich ein Stern Cometa und war für die Beschauer 14 Tage lang ein großes Wunder. In diesen Tagen fing der König derart an zu kranken, daß die Aerzte ihn vollkommen aufgaben und einige Fürsten schon in Hoffnung und Begehrlichkeit den Thron des Reiches besetzten. Doch durch das Werk der göttlichen Milde wird der König, welcher durch diese Züchtigung heilsam gezüchtigt wird, sehr schnell wieder hergestellt, und so die frevle Hoffnung der heißhungrigen Raben betrogen. Da aber seine Braut nunmehr erwachsen war, welche sein Vater, als er zum letzten Male aus Italien kam, mit sich gebracht hatte, und da er selbst nunmehr in Jugendblüthe stand und zu Wirzburg das Geburtsfest der Apostel Peter und Paul beging, ließ er sie mittels ^{Juni 29.} der königlichen Einsegnung krönen und nahm sie alsbald nach der

---

1) In Böhmen. 2) Vgl. Lambert von Hersfeld zum Jahre 1063. 3) Diese Angabe scheint der Lamberts (welcher Goslar nennt) vorzuziehen, da der König im Januar zu Trebur eine Versammlung hält. 4) Utrecht nach Lambert u. A. 5) Nach dem Sonntage Rogate.

mit königlicher Pracht zu Ingelheim[1]) gefeierten Hochzeit, wie es
sich gehörte, als Genossin der Herrschaft zu sich. In diesem Sommer
stritten die Aquitaner[2]) mit den Angelsachsen in einer Seeschlacht[3]),
und unterwarfen die Besiegten ihrer Herrschaft. Es berichteten nun
solche, die dieser Schlacht beigewohnt, uns, daß zwölf Tausend Mann
von Seiten der Sieger gefallen seien. Wie viele aber von Seiten
der Besiegten umgekommen sind, war nicht leicht in Zahlen auszudrücken. Einige deuteten auch, deßhalb habe unlängst ein so
furchtbarer Schwanzstern geleuchtet, weil so viele Tausend Menschen
dieses Jahr umkamen.

1067. Das Geburtsfest Christi verbrachte der König zu
April 8. Regensburg[4]), Ostern zu Goslar. Der Herzog Gotefrid nun,
welcher die Witwe des Bonifacius zur Ehe hatte, verwaltete, wie
wir schon gesagt[5]), im Lande der Italer das Fürstenthum. Die
Nordmannen aber, welche schon lange in Apulien eingedrungen,
waren während vieler Jahre schon übermächtig geworden, und
sandten deßhalb öfter unverschämte Gesandtschaften und Antworten an den König und die Fürsten des Reiches. Da aber der
König in anderen Reichstheilen beschäftigt war und deßhalb ihrem
Uebermuth nicht entgegenzutreten vermochte, sammelte der genannte
Herzog Gotefrid eine große Anzahl von Deutschen und Italern
und machte sich auf, ihre Anmaßung zu dämpfen. Ihm schlossen
sich auch der Herr Papst und die Römer an, da sie selbst schon
lange die Macht der Nordmannen sehr fürchteten, aber denselben auf
eigene Hand zu widerstehen sich nicht getrauten. Allsogleich nun
Mai. nahmen sie mit leichter Mühe einige Burgen, welche sie denjenigen
zurückgaben, denen dieselben früher eigen gewesen, aber von den
Nordmannen mit Gewalt weggenommen waren. Als sie nun die
Stadt Aquino mit sehr starker Belagerung umschlossen hatten, und
die Stadt schon nahe daran war genommen zu werden, bat Richard[6])

---

1) Nicht zu Ingelheim, sondern zu Trebur wurde die Hochzeit gefeiert, wie wir aus
einer am 13. Juli daselbst ausgestellten königlichen Urkunde wissen. 2) Vielmehr die
französischen Normannen unter Wilhelm dem Eroberer. 3) Daß die Schlacht bei Hastings
zu Lande geschlagen wurde, ist bekannt. 4) Vielmehr wahrscheinlich zu Bamberg. 5) Vgl.
eben zum Jahre 1062. 6) Fürst von Capua.

durch Gesandte um eine Zusammenkunft mit dem Herzoge. Dieser willfahrte gleich seinen Bitten und traf mit ihm bei der Brücke Karilan¹) zusammen; und hier auf der Mitte dieser Brücke sprachen sie im Geheimen miteinander, und bald darauf hob der Herzog die Belagerung auf. Und so kehrte jeder nach Hause zurück. In dieser Zeit brachen unter den bairischen Fürsten gefährliche Fehden aus, in Folge dessen fand Todtschlag vieler Menschen, Ausreißung von Augen und jammervolle Verstümmelungen anderer Gliedmaßen statt. Der Herzog Otto aber, welcher von beiden Seiten Geld genommen hatte, kümmerte sich gar nichts darum, und deßhalb litt ein großer Theil der Landschaft unter den Qualen der Brandlegung und Verwüstung. Unterweilen starb auch der Erzbischof der Trierer.²) Dieses Bisthum gab der König gegen den Willen jener dem Probste Chunrad von Köln. Als aber Geistlichkeit und Volk gleichermaßen darüber ergrimmten, so fingen einige bischöfliche Mannen diesen Bischof, als er sich dorthin begab, lebendig und ließen ihn von einem sehr hohen Felsen herabstürzen. Als er durch diesen Fall keine Beschädigung an seinen Gliedmaßen erlitt und sich zu fliehen anschickte, fingen sie ihn gleich wieder und stürzten ihn zum zweiten Male herab. Ebenso wurde er zum dritten Male zurückgebracht und heruntergeworfen, und ging endlich sterbend in ein besseres Jenseits ein, wie wir sicher glauben, da große Wunder an seinem Grabe leuchten. Seine Mörder aber haben wir hernach, in eiserne Ketten geschlossen, Buße thun sehen. Endlich wurde den Trierern die Wahl zugestanden und sie wählten den Uto, einen edlen und angesehenen Mann, Domherrn dieser Congregation.

1068. Das Geburtsfest des Herrn verbrachte der König zu Goslar und kam darauf zu Mariä Reinigung nach Augsburg, be- reit von da nach Italien hinüberzugehen.³) Da es aber den Reichs- fürsten mühselig schien mit zu ziehen, überredeten sie mit Leichtigkeit den König, welcher nach Knabenart vieles zugleich im Auge hatte,

Febr. 2

---

1) Es ist der Fluß Garigliano, bei den Alten Liris gemeint. 2) Eberhard von Trier war schon 1066 April 15. gestorben. 3) Dieß gehört ohne Zweifel zum Jahre 1067, wo der König sich um Mariä Reinigung zu Augsburg zur Romfahrt rüstete. Im Jahre 1068 beging er zu Augsburg Mariä Geburt (Sept. 8.).

1068. nach Sachsen zurückzukehren und an seiner Statt Gesandte nach Italien hinüberzuschicken. Es werden also geschickt der Erz=bischof Anno von Köln, Heinrich von Trient, der Herzog Otto von Baiern. Als diese nun nach Ravenna gekommen waren, hielten sie mit dem Erzbischof dieser Stadt[1]) eine Unterredung und ein Gast=mahl und wichen auch nicht dem Bischofe von Parma aus, der an einem anderen Orte zu ihnen kam, obgleich der Papst Alexander diese beiden mit dem Bannstrahle belegt hatte. Aus diesem Grunde wollte er sie nicht sehen, als sie nach Rom gekommen waren, weil sie nämlich Verkehr gepflogen mit solchen, die er aus der Kirchen=gemeinschaft gethan. Aber weil geschrieben steht: „Straft man einen Verständigen, so wird er vernünftig"[2]), wurden sie, nachdem sie demüthig Genugthuung geleistet, der Gnade schneller Aussöhnung theilhaftig; und nachdem er endlich nach wenigen Tagen ihre Ge=sandtschaft angehört, entließ er sie und meldete dem Könige, was er wollte. Er selbst aber hielt nach gewohntem Herkommen am weißen

März 30. Sonntage[3]) eine Synode von Bischöfen. Auf dieser Synode war der Bischof der Stadt Tortona[4]) anwesend, welcher in den Zeiten des Papstes Leo seligen Angedenkens im Kampfe gegen die Ver=wüster seines Bisthums einen Menschen getödtet hatte und deßhalb schon so viele Jahre des Priesteramtes enthoben war. Da er aber bis jetzt in Bußtrauer ausgeharrt hatte, wurde er hier der Gnade der Aussöhnung theilhaftig und erhielt sein Amt wieder durch Ver=mittelung der ganzen Synode, weil er, wie wir gesagt haben, dieß zur Vertheidigung der Kirche gethan hatte. Der Bischof von Flo=renz aber, der mittels der Ketzerei der Simonie zu seinem Bisthum gekommen war, wurde, angeklagt und durch offenkundige Zeugnisse verurtheilt, sofort abgesetzt. Hier war auch zugegen der ehrwürdige Erzbischof Uto von Trier, welcher gleichfalls derselben Ketzerei an=geklagt, aber alsbald, da er sich durch einen Eid rechtfertigte, für unschuldig erkannt und danach vom Papste und den Römern in

---

1) Heinrich, welcher dem Gegenpapst Kadalo anhing. 2) Sprüche 19, 25. 3) post albas im Text. Albae sind die dem Ostersonntage voraufgehenden Wochentage; der Sonntag post albas aber ist der Sonntag nach Ostern. 4) Turtun.

hohen Ehren gehalten wurde. Die Bischöfe aber, des Königs Gesandte, begaben sich nach ihrem Scheiden von Rom, sogleich nach
Hause. Der Herzog Otto allein blieb in Italien, um mit den
Landesfürsten dieses Reiches Geschäfte abzuwickeln. Zu diesem Be-
hufe kam zu ihm mit einer großen Anzahl Italer der Herzog Gotefrid
in der Feldmark der Stadt Piacenza. Als sie nun zusammensaßen,
und irgend eine Sache zur Verhandlung vorgenommen worden war,
fingen die Italer, welche in ihrem Stolze sich überhoben und gleichsam aus angeborenem Hasse den deutschen Herzog anzuhören ver-
schmähten, mit wüstem Geschrei an alles zu verwirren und zwangen
den Herzog unverrichteter Sache sich zu entfernen. Es waren aber
schon damals welche, die zu argwöhnen und zu reden anfingen, daß
dieser Mann dem Könige nicht ganz treu und deßhalb in Italien
geblieben sei, um den Herzog Gotefrid oder wen sonst zu Genossen
seiner Plane zu machen.

Inzwischen wurde jene schweren Fehden, welche unter den
bairischen Fürsten entbrannt waren, durch die Barmherzigkeit Gottes
mit leichter Mühe unterdrückt. Als sie nämlich in solchen Wahn-
sinn verfallen waren, daß sie mit starken Schaaren Bewaffneter im
östlichen Theile des Landes gegen einander rückten, ergriff eines
Tages ihre Geister eine solche Wuth, daß Verwandte, Sippen und
Verschwägerte, in der Absicht zu kämpfen, die Bewaffneten gegeneinander führten und ihre Treffen ordneten, und man ein jammer-
volles Schlachten erwartete. Doch was vermagst Du nicht alles
bei Deinen Getreuen, gütiger Jesus? Denn siehe, als man schon
gegenseitig an den Leibern den Platz für Verwundungen ausmaß,
und ihre Hände sich schon zum Schleudern und Schlagen erhoben,
trat im Zeitpunkte des Angriffes selber und, daß ich so sage, schneller
als in einem Augenblicke, durch Gottes Einsehen, plötzlich eine
solche Verwandlung ihrer Gesinnung ein, daß sie nach Ablegung
der Waffen unter Schluchzen und Thränen sich das, was sie sich
früher angethan, gegenseitig vergaben, Friedensküsse wechselten und
alle zusammen heil und frohlockend nach Hause gingen. Dieses
Jahr war für die Altaicher und die von Leno verhängnißvoll, weil

Sept. 24. der ehrwürdige Vater beider Klöster am 24. September den Weg alles Fleisches betrat. Ueber die Tugenden dieses Mannes etwas zu sagen, habe ich für überflüssig gehalten, damit ich nicht, wenn ich mehr sagte, zu wenig gesagt zu haben geziehe würde. Das allein genügt von diesem Manne zu wissen, daß viele derjenigen, welchen er in beiden Klöstern vorstand, jetzt noch einstimmig zu bezeugen pflegen, sie hätten einen jenem an Frömmigkeit ähnlichen Vater niemals gehabt und zweifelten durchaus daran, daß sie in Zukunft einen ähnlichen haben würden. In demselben Jahre starb der Patriarch Rabing[1]); ihm folgte der Kanzler Sigihard.

1069. Das Geburtsfest des Herrn verbrachte der König zu Mainz[2]), und befahl bald darauf zur Heerfahrt gegen die Liutizen trotz der Winterszeit zu rüsten. Zu dieser Zeit gab der Herzog Otto, welcher die Abtei Altaich zu Lehen hatte, den Brüdern die Erlaubniß den Abt unter sich zu wählen. Alsbald erwählten sie ohne Zögern einen Bruder ihrer Congregation, mit Namen Walker, einen in vielen Tugenden erprobten Mann. Obgleich aber die Heerfahrt plötzlich befohlen und zur Ausführung gebracht war, erwies sie sich dennoch als sehr nützlich. Das Land dieser Heiden nämlich ist bedeckt mit Wassern und Sümpfen, war aber damals, nämlich zur Winterszeit, hart gefroren, und das Heer fand in Folge dessen leicht einen Weg zum Ein- und Ausrücken. Nach leichtem Kampfe nun nahmen sie einige Burgen ein, plünderten und brannten unzählige Dörfer nieder, und führten unermeßliche Beute und unzählige Gefangene mit sich fort. In diesen Tagen nun wäre eine verruchte That zur Ausführung gekommen, wenn Gott nicht die Pläne der Bösewichter zu nichte gemacht hätte. Als der König nämlich, nach Entlassung des Heeres, mit einer sehr kleinen Anzahl die Reise fortsetzte, bat ihn der oft genannte und oft noch zu nennende Herzog Otto, sein Haus, welches auf dem Wege nach den Städten des Königs lag, mit ihm zu besuchen, mit dem Versprechen, ihm daselbst eifrig aufwarten zu wollen. Der König willfahrte alsbald seiner Bitte, da er sich annoch von ihm nichts Böses versah. Es befand

1) von Aquileja. 2) Vielmehr zu Goslar nach Lambert von Hersfeld u. A.

sich aber daselbst damals gerade Chuno, der Diener und Erzieher[1]) 1069.
des Königs, von dem es hieß, er stehe bei dem Herzoge nicht in
Gnade. Der Herzog nun faßte, wie man sagt, mit den Seinen
den Plan, dieser Chuno solle gemißhandelt werden, als ob man ihn
vor dem Schlafgemache erwürgen wolle, und wenn der König um
den Aufruhr beizulegen aus dem Schlafgemache stürze, solle er von
irgend einem durchbohrt um's Leben kommen. Als da nun die
Mannen des Herzogs was ihnen befohlen war in's Werk zu setzen
suchten und Schmähungen schleuderten, damit der Streit den Anfang
nähme, und alsbald diese und jene: „Waffen, Waffen!" schrieen,
eilten dem Chuono schnell seine Genossen zu Hilfe, und so wurde
dieser ohne Vorbereitung unternommene Versuch mit leichter Mühe
vereitelt. Der König aber noch einer der Seinen erkannte in dieser
Stunde, um weß Grundes willen dieß in's Werk gesetzt war; daß
es aber wahr sei, wie wir es erzählt haben, offenbarte späterhin ein
gewisser Egino mit Namen, welcher an diesem Plane in jener Nacht
Theil genommen, und ein Schwert aus der Hand des Herzogs empfangen zu haben versicherte, mit welchem er denselben den König
zu ermorden versprochen hatte. Obgleich aber dieß zu jener Zeit
verhehlt und geschlichtet wurde, so ruhte deßhalb doch nicht der ruch-
lose Geist der Bösewichter. Im folgenden Sommer nämlich verschworen sich zwölf Fürsten der Franken und Sachsen wider den
König, von denen einer wiederum, wie es hieß, der Herzog Otto
war. Da sie nun wußten, daß ein Vertrauter ein zum Schaden
geeigneterer Feind sei, ließen sie öffentlich den Markgraf Teti[2]) und
den Grafen Adalbert[3]) den Aufstand erregen. Die übrigen aber
thaten, als ob sie dem Könige Treue hielten, damit wenn die Sache
gut ginge, der König um so leichter umkäme, oder wenn der König
den Sieg davontrüge, jene unter ihrem Beistande schnell wieder der
Verzeihung und Gnade des Königs theilhaftig würden. Unverweilt
besetzte der Markgraf eine Burg des Bischofs von Bamberg, mit
Namen Scheidungen[4]), Adalbert aber fiel in eine königliche Abtei,

---

1) nutritor. 2) von der Ostmark. 3) von Ballenstedt. 4) Scibingun. Burg-
Scheidungen an der Unstrut in Thüringen.

1069. Nienburg¹) genannt, ein, und zwang die Güter b
in der Umgegend lagen, ihm zu dienen. Als abe
sich gerade zu Regensburg befand, dieses hörte, fc
schaft und eilte dem Unterfangen jener entgegen
Graf Adalbert seine Rückkehr erfuhr, floh er a
welche er eingefallen war. Ihn verfolgten einige
Landeseinwohnern, wurden aber von ihm an jenen
zusammengehauen und in die Flucht geschlagen.
belagerte in Thüringen eine Stadt des Markgr¢
Beichlingen²), welche er beim ersten Ansturm eir
brennen ließ. Von da aufbrechend gelangte er
Obgleich dieses ebenfalls erobert wurde, fielen docf
sammenstoß von Seiten des Königs viele vern
Der Herzog Otto war damals in Person zugeger
weder diese noch jene, und litt auch nicht, daß einer
leiste. Als aber die übrigen Verschwörer sahen,
einen günstigen Verlauf nähme, wagten sie auf
kund zu thun. Deßhalb gaben der Markgraf uni
merkten, daß sie im Stiche gelassen seien, und 1
fast vor dem ersten Trompetenstoß zitterten, dem K
Theil ihrer Erbgüter, wurden seiner Gnade wiet
machten alle die, so sich zu ihrem Plane mitv
namhaft. Der König aber that unterweilen, als
nicht, da es ihm gefährlich dünkte, so viele Re
gleicher Zeit zu Feinden zu machen. Eine and
Sache aber begann er in diesen Tagen zu betreibe
da Gott es verhinderte, nicht zur Ausführung br
war nämlich gewohnt, unerlaubten Umgang mit
pflegen, und dachte daher daran, die Königin, we
zur Genossin seiner Herrschaft gemacht hatte, gär
Es stärkte aber diesen seinen bösen Willen die

1) München-Nienburg an der Saale im Herzogthum Anhalt.
nicht weit von Kölleba. 3) Vgl. Lambert von Hersfeld, welche
weichend von diesem Berichte erzählt.

Bischofs von Mainz, welcher versprochen hatte, er werde ihm dieß 1060.
durch Urtheilspruch einer Synode gestatten. Während man aber auf
diese Synode wartete, wurde der Königin befohlen, inzwischen zu
Lorsch[1]) sich aufzuhalten. Groß war bei vielen die Verwunderung
und die staunende Erwartung, was daraus werden würde. Als aber
der Tag der Synode gekommen, der Erzbischof hereingeschritten Oct.
war und sich schon niedergesetzt hatte, siehe da war ein Gesandter
des apostolischen Herrn[2]) zugegen, welcher mit schrecklichen Drohungen
ihm ankündigte, daß, wenn er der Urheber dieser unrechtmäßigen
Scheidung würde, er bei Lebzeiten des Papstes niemals mehr des
priesterlichen Amtes theilhaftig würde. Als die Synode dieses
hörte, löste sie sich auf und die Königin wurde wieder in die Rechte
des königlichen Lagers eingesetzt. In diesen Zeitläuften geschah in
Italien folgende jammervolle That. Adelheit, die Schwiegermutter
des Königs, zürnte den Lodesen; deßhalb belagerte sie nach Verwüstung des Landes die Stadt Lodi[3]) selbst mit einer großen
Mannschaft, nahm sie ein, ließ sie mit Feuer niederbrennen und
ließ nach Schließung der Thore Niemand herausgehen. So wurden
die Münster der Kirche und alle Mauern der Stadt vom Feuer
verzehrt; bei diesem Brande sollen viele Tausende Männer, Weiber
und Kinder umgekommen sein. Wegen dieser Schuld ging sie
später nach Rom; aber der Papst ließ sie, ohne ihr eine Buße auf-
zuerlegen, wieder zurückkehren. Er gestand nämlich, er wisse nicht,
ob überhaupt und welche Buße bei so vielen und so großen Freveln
auferlegt werden und welcher Ablaß erfolgen solle. Da wir aber
wissen, daß dieser Mann fromm und milde war, können wir nicht
glauben, daß er dies gesagt hätte, wenn er erkannt hätte, ihr Herz
sei angemessen zerknirscht und gedemüthigt. In diesem Jahre starb
der Herzog Gotefrid, welchem sein Sohn Gozilo[4]), der auch Gote- Dec. 24.
frid genannt wird, im Erbe und im Fürstenthume nachfolgte. In
diesem Jahre stirbt der Bischof Hartwig von Verona; an seiner
Statt wird Husward erwählt.

1) Lorasham. 2) Petrus Damiani. 3) Lauba. 4) genannt der Bucklige.

1070. Das Feſt der Geburt des Herrn verbrachte der König
in Freiſing. [1] Nach wenigen Tagen nun ſtarb der ehrwürdige
Wolframm, Biſchof von Treviſo; an ſeiner Statt wurde Azili ein=
April 4. geſetzt. Das heilige Oſterfeſt aber beging der König zu Speier [2]),
Mai 23. und hielt zu Pfingſten eine Fürſtenverſammlung in Meißen [3]) ab.
Den Herzog Otto aber litt es durchaus nicht zu ruhen, er ſchmiedete
vielmehr beſtändig geheime Plane wider den König. Und obgleich
dies nun ſchon faſt in aller Munde war, that doch der König, als
ob er es nicht glaube, bis daß der vorgenannte Egino zu dem
Könige kam und die ganze Sache, welche er ſelbſt am beſten
wußte, offenbarte. Nachdem der König dieß erfahren, hielt er es
für gefährlich länger zu ſchweigen, befahl dem Herzog vor ſein An-
geſicht zu kommen, und enthüllte vor der Verſammlung was er von
demſelben gehört hatte. [4]) Nachdem jener dieſes angehört, verharrte
er, wie er denn ſehr verſchlagen war, beharrlich im Läugnen, wurde
endlich entlaſſen und erhielt den Befehl, nach Hauſe zu gehen, und
an einem beſtimmten Tage nach Goslar zu kommen, um ſich von
dieſer Anklage vor dem Könige und den Fürſten durch Zweikampf
zu reinigen. Als dieſe Friſt zu Ende war, und er merkte, daß der
König bei ſeiner Anſicht bleibe, und daß Egino, der Mitwiſſer ſeiner
Aug. 1. Plane, mit ihm kämpfen ſolle, war er zwar am feſtgeſetzten Tage
anweſend, wollte aber nicht vor das Antlitz des Königs kommen,
indem er dem Könige ſagen ließ, er könne nicht zu Hofe kommen,
wenn der König ihm nicht für ſeinen Ein= und Ausgang Bürgen
eines ſicheren Friedens ſtelle. Darauf ſagte der König: „Er wird
für ſein Kommen zu mir einen feſten Frieden haben und ſpäter, je
nachdem er ſchuldig oder unſchuldig erkannt wird.“ Nachdem er
dieſe Antwort genau bei ſich überlegt hatte, ſchickte er wieder und
bat um eine neue Friſt, beſtieg alsbald ſein Pferd und eilte davon,
da er glaubte, der König würde doch nichts anderes thun, als was
er gefordert hätte. Als man aber davon in der Reichsverſammlung
hörte, meinten einige, man müſſe ihn gleich verfolgen, als aber ſeine

---

1) Friſingun.   2) Die Angabe Lamberts, Hildesheim, ſcheint richtiger.   3) Mihiſina.
Nach Lambert zu Merſeburg.   4) Dieß geſchah, nach Lambert, im Juli zu Mainz.

Freunde, welche zugegen waren, sich dagegen stemmten und mit allen Redegründen, welche sie aufbringen konnten, den ganzen Tag hinzogen, befragte plötzlich der König die Fürsten bei dem Eide, welchen sie dem Könige mit Rechten geschworen, was Recht sei, daß er in dieser Sache nunmehro thue. Durch ihr Urtheil wurde er des Hochverraths für schuldig erklärt, das Herzogthum, welches er gehabt, in die Gewalt des Königs gegeben, und allen anbefohlen, ihn, wo er angetroffen würde, zu verfolgen. In Folge dessen fielen einige Vertraute des Königs über seine Erbgüter her, verwüsteten Alles und brannten seine Häuser und Dörfer nieder; er selbst aber warf sich in die Bergschluchten des Waldes, so man Chetil [1]) nennt, sammelte Gefährten soviel er konnte, machte von da Ausfälle bald hierhin bald dorthin, verwüstete die Bisthümer und die königlichen Dörfer mit Raub und Brand. Unter solchem Wirrsal litt das Land der Sachsen und Thüringer dieses ganze Jahr.

1071. Das Geburtsfest des Herrn beging der König in Bamberg und gab hier das Herzogthum Baiern einem Fürsten mit Namen Welf. [2]) Dieser Welf nun hatte die Tochter [3]) eben jenes Otto, von dem wir reden, zur Gemahlin genommen und dieselbe rechtmäßig zu halten durch einen Eid versichert. Als er nun schon nach seines Schwiegervaters Herzogthum trachtete und dieß [4]) den Räthen des Königs nicht genügende Sicherheit zu gewähren schien, sandte er diese seine Gemahlin ihrem Vater zurück und beschwor, daß er fürder niemals wieder mit ihr zusammen kommen werde. Darauf schenkte er dem König einen Theil seiner Erbgüter und seines Geldes, empfing das Herzogthum, und ehelichte alsbald die Witwe eines angelsächsischen Fürsten mit Namen Tosti [5]), und so geschah offenbarer Eidbruch und öffentlicher Ehebruch. Als aber der König zu Lüttich [6]) das heilige Osterfest beging, begab sich daselbst, wie April 24. wir von solchen, die zugegen waren, gehört haben, folgendes Wunder. Von dem Kloster, so man Stablo [7]) nennt, hatte der König eine

---

1) Der Thüringerwald. 2) Der Vierte dieses Namens. 3) Ethelind. 4) Nämlich das Verhältniß Welfs zu Otto. 5) Herzog von Northumberland und Bruder des 1066 in der Schlacht bei Hastings gefallenen Königs Harald. 6) Lüttich. 7) Stabulaus.

1071. Celle [1]) mit Allem was dazu gehörte weggenommen und dieselbe dem Erzbischofe von Köln gegeben. Da nun die Brüder dieselbe auf keine Weise wiedererlangen konnten, legten sie den Leib des heiligen Remaclus auf eine Bahre, trugen ihn an den Hof, setzten ihn vor

Mai 8. dem Könige und dem Bischofe, als sie gerade zusammen speisten, auf den Tisch und riefen: „Ach, Heiliger Gottes, erhöre und beschütze die, so demüthig zu dir flehen, und gestatte nicht, daß deine Güter Fremden zur Beute werden. Denn nicht eher wirst du von uns in dein Kloster zurückgetragen, bis du das Eigenthum deiner Armen dir zurückzunehmen geruhest." Als sie dies sahen und hörten, sprangen der König und der Bischof erzürnt vom Tische auf, und fuhren den Abt und die Brüder mit Drohungen und Scheltworten gewaltig an. Als diese aber zurückwichen, brachen auf wunderbare Weise die Tisch= beine, welche augenscheinlich sehr stark waren, der Tisch fiel an die Erde, riß einen der Umstehenden, welcher ebenfalls wider den Heiligen Gottes gebelfert hatte, um und zerbrach ihm das Schienbein. Die Mönche aber übernachteten an jenem Orte mit den Reliquien des Heiligen und erflehten unter Strömen von Thränen ohne Aufhören

Mai 9. den Beistand Gottes. Am anderen Tage aber als der König daselbst speisen wollte, nahmen sie den Heiligen auf und trugen ihn fort in einen Zwinger. Hier nun richtete sich in Gegenwart aller Zuschauer einer, der mit gelähmten Händen herzukroch, alsbald heil wieder auf. Kurz darauf kam ein Blinder heran und erhielt alsbald das Augenlicht wieder, und so fand innerhalb des Zeitraums einer Stunde die Heilung von fünf Menschen statt. Als dieß ruchbar wird, läuft das Volk in Massen zusammen, und während allmählich die Glocken läuten und alle Gottes Lob verkünden, erheben sich der König und der Bischof, welche sich schon zu Tische gesetzt hatten, von Furcht ergriffen, begeben sich an den Ort des Wunders und verherrlichen, nachdem sie gesehen, daß das, was sie gehört, wahr sei, insgemein mit den übrigen Gott und seinen Heiligen. Alsbald nun gab der König auf Bitten des Bischofs die Celle, welche er genommen hatte, zurück, fügte ebensoviel von seinen Gütern hinzu und entließ den

1) Das Kloster Malmedy.

Abt und die Brüder in Frieden. Als aber der König den Pfingst- tag in Halberstadt beging, und der oftgenannte Otto merkte, daß seine Sache schlecht stehe, söhnte er sich mit dem Bischof Adalbert [1]), den er ehedem beleidigt hatte, aus, und bat ihn, Fürsprecher seiner Sache beim Könige zu sein. Der nun hörte während der Feier der Messe nicht auf so lange für ihn zu bitten, bis er der Gnade des Königs wieder theilhaftig zu sein und seine Erbgüter ungeschmälert zu behalten gewürdigt wurde. Die Lehen, von denen er unermeß- lich viele besaß, verlor er zum größten Theil, darunter wurde auch die Abtei Altaich ihrer ehemaligen Freiheit zurückgegeben. Einige meinten auch, deßhalb sei er von diesem hohen Gipfel der Würden gefallen, weil er diesen Ort unter seine Botmäßigkeit gebracht hätte, obgleich er gewußt, daß dieß keiner seiner Vorgänger jemals gethan habe.

In diesem Jahre gab der Erzbischof von Mailand [2]) das Bis- thum aus freien Stücken auf und nahm mönchisches Kleid und Le- benswandel an. Alsbald nun begab sich einer seiner Geistlichen [3]) zum Könige, um sich das Bisthum zu erbitten, schwor, er werde tausend Pfund geben, und kehrte nach Erlangung des Bisthums heim. Als aber die Mailänder hörten, daß dies dergestalt hergegangen sei, wollten sie sich auf keine Weise dazu verstehen, ihn in die Stadt aufzunehmen. Sobald aber der Papst Alexander davon Kenntniß bekam, that er beide in den Bann, jenen, weil er die einmal über- nommene Regierung des Bisthums ohne sein Vorwissen niedergelegt, diesen aber, weil er bei Lebzeiten seines Vorgesetzten und mittels der Ketzerei der Simonie gewagt hatte, das Bisthum in Besitz zu nehmen. Und da wir hierauf gekommen sind, so möge es Keinem, bitte ich, zuwider sein, wenn wir kurz an den Tag legen, auf welche Weise diese Ketzerei in diesem Jahre öfter ausgerottet worden ist. Als der Bischof der Constanzer Kirche [4]) starb, gab ein Halberstädter Domherr, mit Namen Karlimann, seine Erbgüter und unermeßliches Geld dem Könige und kaufte dieses Bisthum; und da, wie ein Weiser [5])

---

1) Erzbischof von Hamburg-Bremen. 2) Guido. 3) Godefrid. 4) Rumold, der 1069 gestorben war. 5) Wessen Worte der Annalist hier citirt, ist nicht aufzufinden.

1071. sagt: „Derjenige, welcher einmal durch Kauf sich in die Kirche ein-
geschlichen hat, niemals, so lange er derselben vorsteht, aufhören wird
zu schachern", fing er, sobald er nach Constanz gekommen war, an
die Lehen seiner Geistlichen und Laien wegzunehmen und ihr Ver-
mögen öffentlich zu verkaufen, um aus ihrer Habe die Gelder zu-
sammenzubringen, welche er vorher zur Erlangung des Bisthums
augenscheinlich aufgewendet hatte. Die Constanzer aber, von diesem
Unheil getroffen, hehlten dieß keineswegs dem apostolischen Herrn,
sondern flehten dessen Hilfe wider den Verwüster der Schafe Christi
an. Sobald dieser nun erkannt hatte, daß ihre Klagen und Bitten gerecht seien, trug er dem Erzbischof von Mainz, dessen Suffragan jener
war, auf, demselben keinenfalls die bischöfliche Weihe zu ertheilen,
bevor er seine Angelegenheit im Sendgerichte geprüft habe. Er
befahl auch an seiner Statt der Synode beizuwohnen dem Erzbischof
Gebhard von Salzburg. Als nun die Synode, welcher der König
Aug. 15. zugleich mit dem Legaten des apostolischen Stuhles beiwohnte, ver-
anstaltet war, wurde er durch offenkundige Anzeichen überführt und
abgesetzt, und nach wenigen Tagen ein Anderer[1]) an seine Stelle
gesetzt. Als der Abt von Reichenau[2]) starb, gab der Bischof von
Hildesheim[3]) dem Könige eine große Geldsumme und setzte es durch,
daß diese Abtei seinem Blutsverwandten, dem Abte von Hildesheim,
mit Namen Sigibert[4]) gegeben wurde. Als dieser dieselbe einige
Zeit hindurch inne gehabt und einem in der Beichte geoffenbart
hatte, wie dieselbe in seine Hand gekommen, hörte er von jenem, daß
bei diesem Vergehen keine Beichte und keine Verzeihung stattfinden
könne, wenn sich nicht der Mensch beeile, das, was er unrechtmäßig
übernommen, noch bei seinen Lebzeiten aus freien Stücken und rechtmäßig aufzugeben. „Welchen Nachlaß, sagte er, kann einer hoffen
für diese Sünde zu erlangen, welche er nicht einmal an seinem
Todestage von sich lostrennen will?" Nachdem jener dieß gehört,
suchte er eine Gelegenheit, um die Abtei ehrenhaft aufgeben zu
können. Es war aber damals ein gewisser Liutpold[5]), ein Vertrauter

---

1) Otto I. 2) Udalrich starb 1069. 3) Hezilo. 4) Bei Lambert wird er Meginward,
in einer anderen Quelle Meginhard genannt. 5) von Mörsburg.

des Königs, welcher den König bat, er möge befehlen, daß ihm ein
Hof dieser Abtei zu Lehen gegeben werde. Als dieß nun der König
unter Androhung seiner Ungnade anbefahl, wollte jener ehrwürdige
Mann, welcher die Gelegenheit, die er suchte, gefunden hatte, fürder-
hin nicht hinterm Berg halten, sondern sprach zum Könige: „Siehe,
ich bin bereit eher die ganze Abtei aufzugeben, als um Euretwillen
Gott und die heilige Maria zu beleidigen." Und unter diesen
Worten gab er dem Könige den Hirtenstab wieder, und kehrte selbst
zu seiner früheren Abtei nach Hildesheim zurück. Und nicht lange
darauf starb Liutpold, weil er das Besitzthum der heiligen Maria
anzufechten strebte. Als er nämlich auf der Reise war, fiel er in
Gegenwart des Königs, da sein Pferd scheute, und kam von seinem
eigenem Schwerte durchbohrt um. Während aber die That des
vorgenannten Abtes in aller Munde war und von allen, so davon
hörten, gelobt wurde, brachte ein gewisser Ruodpert, Abt des Klosters
des heiligen Michael[1]), dem Könige, wie man sagte, dreißig Pfund
Goldes und kaufte die Abtei Reichenau. Als dieß die Brüder und
Mannen dieses Ortes erfuhren und von dem Könige hierin keine
Gerechtigkeit erlangen konnten, ließen sie bies durch eine Gesandtschaft dem apostolischen Herrn zu Ohren kommen. Dieser sandte,
wie er denn in kirchlichen Dingen thatkräftig war, alsbald einen
Brief und untersagte dem Abte die Ausübung des heiligen Altar-
bienstes. Als dieser seinem Befehle nicht gehorchen wollte, vertrieben
ihn die Mannen des Klosters von hinnen. Dieß aber schreiben wir,
Gott zum Zeugen, nicht aus Schmähsucht, sondern weil wir ver-
trauen, es werde Manchem eine Mahnung sein sich zu hüten, auf
daß er nicht, getäuscht durch die eitle Hoffnung auf weltliche Rang-
erhöhung, auch sich mittels der Gott verhaßten Ketzerei die unerträg-
liche Schande der schmählichsten Absetzung und in Zukunft die Strafe
der ewigen Verdammniß erkaufe. Während dieß geschah, gebar in
diesem Herbste die Königin einen Sohn, welcher noch in den Tauf-
kleidern aus dem Leben schied.

---

1) zu Bamberg.

1072. Das Fest der Fleischwerdung des Herrn beging der König zu Regensburg.[1]) Schon seit langer Zeit nun hatte der König angefangen alle Vornehmen zu mißachten, dagegen niedrig Geborene mit Reichthümern und Gütern emporzuheben, und verwaltete nach ihrem Rathe, was zu thun war; von den Großen aber ließ er selten einen zu vertrauter Berathung zu; da vieles nicht der Ordnung gemäß geschah, so hielten sich die Bischöfe, Herzoge und andere Großen des Reiches vom Hofe fern. Von diesen wurden die Herzoge Ruodolph[2]) und Berhtold[3]) öfter zum Könige entboten, wollten aber nicht kommen, bis endlich der König zu argwöhnen anfing, sie bereiteten sich vor, sich wider ihn zu empören. Als nun auch das Gerücht ging, daß eine Heerfahrt gegen sie vorbereitet würde, so schickten sie beständig zum Könige und baten um Frist, und machten so des Königs Ungestüm zu nichte. In diesem Jahre stirbt Heinrich, der Erzbischof der Kirche Ravenna; an seiner Statt wird Wigbert eingesetzt. Auch der Bischof Husward von Verona starb; ihm folgte Brun.

1073. Das Geburtsfest des Herrn beging der König in Bam-
April 21. berg. In diesem Jahre schied der Papst Alexander aus dieser Welt; an seiner Statt setzten die Römer den Hildebrand ein, den Archidiacon der römischen Kirche, welchen sie bei der Weihe Gregorius
März 24. nannten. Den Palmtag beging der König in Eichstädt[4]), wo er auch den Herzogen Ruodolph und Berhtold seine Gnade wiederschenkte.
März 31. Das Osterlamm aber schlachtete er in Regensburg; zum Pfingstfeste
Mai 19. hielt er eine Fürstenversammlung zu Augsburg, und zog sich bald darauf nach Sachsen zurück. Erfaßt nämlich von einer, uns unbekannten Zuneigung zu der Gegend, hatte er in dem Walde, so man Harz nennt, schon lange viele Burgen zu erbauen angefangen. Da er aber in der Nachbarschaft dieser Burgen wenige oder gar keine Güter besaß, so nahmen die, welche die Burgen bewachten, aus Mangel an Lebensmitteln beständig Plünderungen der Habe der

---

1) Die Angabe Lamberts, Worms, ist vorzuziehen; zu Regensburg war der König allerdings bald darauf, im Anfang Februar. 2) von Schwaben. 3) I. von Züringen Herzog von Kärnthen. 4) Eichstätti. Nach Lambert: zu Augsburg.

Einwohner vor. Wenn aber Jemand nach Hofe ging, um darüber 1073
zu klagen, so sah man, daß er mit Schmähungen überhäuft weg-
gejagt wurde. Und als dieses Uebel von Tag zu Tag zunahm, und
der König das Fest des Apostelfürsten zu Goslar verbrachte, kamen Juni 29
mehrere sächsische Fürsten dahin, um zu sehen, ob sie kein Ende
dieses Uebels erlangen könnten. Diese werden kaum vor das Angesicht des Königs vorgelassen und gehen, nachdem sie ihre Angelegenheit vorgetragen, nach einigen Tagen, ohne Ehren und ohne bestimmte Antwort nach Hause. Alsbald nun halten sie häufige Zusammenkünfte und beriethen sorgenvoll, was sie angesichts dieser
Uebelstände thun sollten. Endlich nun kommen sie überein, lieber
mit Drohungen und Kampf ihre Sache zu führen, als ihre vater-
ländischen Rechte und ihre persönliche Freiheit so ohne Grund zu
verlieren. Als aber der König an seinem Lieblingsorte, Harzburg
genannt, weilte und seinen Vertrauten ein königliches Gastmahl gab,
wird plötzlich von den Dienern berichtet, daß ein großes Heer von
Sachsen in der Nähe Halt gemacht habe. Sobald der König durch
sofortige Entsendung eines Boten die Ursache ihres Kommens erfahren hatte, hielt er es für schimpflich, ihren Drohungen nachzugeben; da er aber wegen der geringen Anzahl seiner Krieger sich
fürchtete, durch Blutvergießen die Entscheidung herbeizuführen, hielt
er es für gerathen, zur Zeit zu weichen, und beschloß nach Franken
zu gehen. Als er wegzog, stellte ihm der oftgenannte Otto auf dem Aug. 8.
Wege nach, wagte aber, obgleich er eine viel größere Anzahl von
Kriegern hatte, nicht, den König, der vorüberzog und ihn bemerkte,
anzugreifen. So gelangte der König nach Franken und von da
bis nach Baiern. Nach des Königs Abzug aber belagerten die Nov.
Sachsen seine Burg, Heimburg genannt[1]), brachten sie zur Uebergabe
und zerstörten sie, brannten einige Dörfer nieder, und daraus erwuchs
dieser Gegend vieles Unheil.

1) bei Blankenburg.